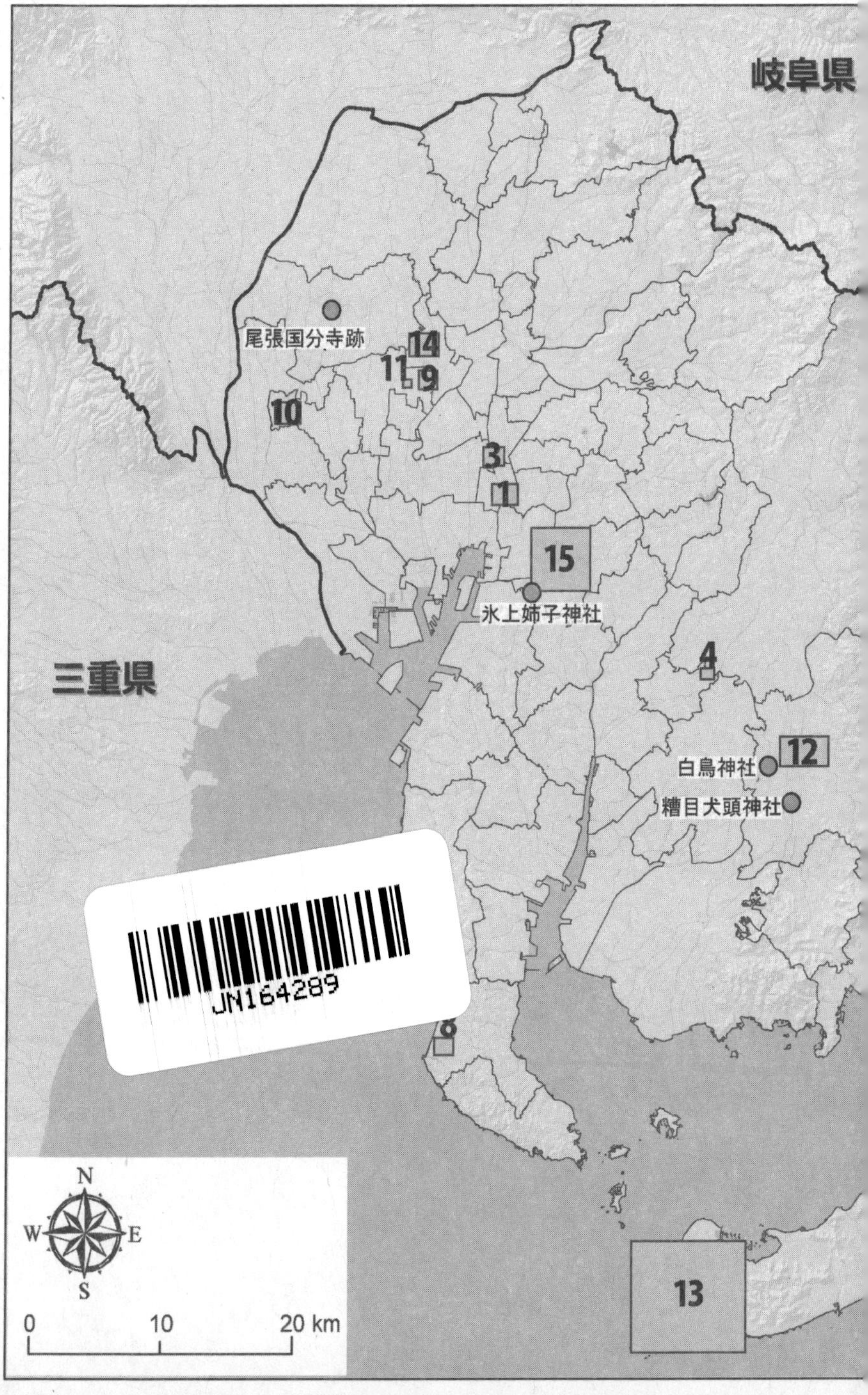
岐阜県
尾張国分寺跡
14
11
9
10
3
1
15
氷上姉子神社
三重県
4
12
白鳥神社
糟目犬頭神社
8
13
N
W
E
S
0
10
20 km

古典de聖地巡礼

改訂版

愛知で知る読む日本文学史15講

【編】中根千絵　愛知県立大学教授
森田貴之　南山大学准教授

三弥井書店

愛知で知る読む日本文学史15講——古典de聖地巡礼——　目次

はじめに

本書『愛知で知る読む日本文学史15講――古典de聖地巡礼――』を手に取ってくださり、ありがとうございます。本書には、愛知を舞台とする著名な古典文学作品を、計十五作品選び、特に愛知に関連の深い部分を中心に収録しました。古代の代表的な文学作品である『日本書紀』『万葉集』に始まり、近世に人気を集めた『絵本太閤記』『東海道中膝栗毛』に至るまで、およそ作品の成立年代順に配置してありますので、本書によって各時代の古典文学作品の魅力を体験しながら、文学史を通観することができます。

本書に収められた諸作品を眺めてみると、現在の愛知県、すなわち旧尾張・三河両国は、各時代において、その存在感を示し続けていたことがわかります。

その主な理由としては、尾張・三河両国が京と関東（鎌倉・江戸等）の間に位置し、古来、交通が盛んであったことが挙げられます。日本武尊にちなんだ地名が多く残されている東海道はいうまでもありませんが（第一講『日本書紀』）、持統天皇が、伊勢国から伊勢湾を船路で渡り、三河国御津に上陸したように（第二講『万葉集』）、海上交通も盛んでした。そのため、各時代に、政治的な理由や軍事的な理由、あるいは個人的な理由で、この地を往来した多くの人の物語が残されています（第四講『伊勢物語』、第八講『平治物語』、第十三講『笈の小文』）。

また、中世以降、東海道の各宿場町が徐々に整備され、より広い層の人々が旅をするなかで、そうした宿場町周辺に物語が生成、伝承されたほか（第十二講『浄瑠璃御前物語』）、いわゆる東海道五十三次が成立し、各宿場の特色が定着するにつれ、その宿場町を大きく取り上げる文学も作られました（第十五講『東海道中膝栗毛』）。

尾張、三河ゆかりの人物は、そうした旅人だけではありません。両国は、律令制下では大国に継ぐ上国に位置づけられ、地方官として赴任した人物のなかには、著名な人物もいました。例えば、後に出家、渡宋し円通大師と呼ばれることになる大江定基（三河守）や六歌仙にあげられる文屋康秀（三河掾）がその代表ですが、定基には、その出家の機縁となった力寿との悲劇が（第七講『宇治拾遺物語』）、康秀には小野小町との和歌贈答が（第五講『古今著聞集』）、それぞれ地方官時代のエピソードとして語られています。

さらには、いわゆる戦国三英傑もこの地で生まれました。現在の名古屋にその中心が遷る以前には、清洲（清須）が尾張の首都的機能を果たしていましたが、その清洲は、若き日の織田信長が活躍の場とし、また、信長の死後、豊臣秀吉が後継者としての実権を握ったきっかけとなった場所でもありました（第十四講『絵本太閤記』）。徳川家康による「清洲越し（清須越）」で、名古屋にその機能が移ると、名古屋の町は、江戸時代を通して、徳川御三家の一つ尾張藩のお膝元として、文化的にも発展を見せ、それが現代の都市名古屋につながっています。

本書に収録された文学作品を読むことで、今とは違う、あるいは今につながる愛知の姿を発見できると思います。

さて、本書には、「古典de聖地巡礼」というサブタイトルを付しました。〝聖地巡礼〟とは、本来、宗教において重要な意味を持つ聖地に赴く、宗教的な実践行為をいいます。過去の日本で言えば、〝聖地〟は主に〝霊場〟に置き換えられるでしょうか。例えば、『源氏物語』や『枕草子』に見える「初瀬詣」や、後白河院、後鳥羽院などが行ったことで知られる「熊野詣」、江戸時代に六十年周期でブームとなった伊勢への「御蔭参り」などがその典型例と言えるでしょう。

ところが、近年、もう一つの「聖地」概念が注目を集めています。現代のアニメや映画、ドラマの舞台を訪れる行為を〝聖地巡礼〟と呼ぶのです。しかも、そこで享受される物語は、必ずしも史実である必要はありません。虚構、架空の物語であることは承知の上で、その舞台となった場所〝聖地〟を訪ね、物語を追体験することが普通に行われています。

こうした物語の地を訪ねる行為は何も、現代特有の現象ではありません。現代でいう「聖地」に非常に近い概念として、「名所」があります。「名所」とは、和歌に詠み込まれる場所に、それ以外の様々な旧跡などを含んで成立した概念です。本書に取り上げられたものに則していうと、熱田神宮や甚目寺といった宗教的な霊場、八橋や阿波手の杜などの歌枕、清洲や野間といった歴史的な出来事の舞台、伊良湖岬などの景勝地、矢作や鳴海などの宿場町などを総称して「名所」と呼ぶことができます。

これら「名所」も、現代の「聖地」同様、多くの場合、その場所に語られた「物語」とともに享受されてきました。本書にも多くの挿絵を掲載した名所図会（『尾張名所図会』『東海道名所図会』など）を見ると、例えば、『東海道名所図会』「八橋」には、「在原業平朝臣吾妻下りの時、三河の八はしのかきつばたを見て歌よみたまふ事、『いせ物がたり』に書かれたり」とあって、その一場面の情景が描かれていますし、『尾張名所図会』「熱田」では、熱田神宮の境内図に加えて、「日本武尊、宮簀姫命と一別の時、形見に宝剣を授たまふ図」が掲出されています。「名所」とは、「物語られる場所」としての側面を持っています。

近世以前においては、こうした物語や神話、伝説と史実との区別はほとんどなかったでしょう。ですから、名所を訪れる行為は、厳密には、現代の〝聖地巡礼〟のような、「完全な虚構であることを前提として、なおかつその物語の場を共有し、楽しむ」行為とは異なるものかもしれません。しかし、本書に並べられた「名所」は、現代の視点から見たとき、いずれも著名な古典文学作品に取り上げられた場所として共通点がある、ということができます。その意味では、現代的な意味での「聖地」である、とも言えるのではないでしょうか。

実際の土地を訪れることは、文学作品を読む行為と変わらない、あるいはそれ以上に興味深い事を知る事ができます。本書で、興味を持った文学作品がもしあれば、是非その土地を実際に訪ねて見て欲しい。本書のサブタイトルにはそんな意味が込められています。

そして、最後に強調しておきたいのは、「場所」とともに語られた「物語」は決して固定されたものではない、ということです。『三河名所図会』には「力霊山舌根寺」の縁起として、「ある僧が力寿姫の霊に逢い、その霊の一丈余りの舌に取り巻かれそうになったため、打ち払ったところ文殊像があり、一寺を立ててそれを祀った」という話が載っています（他に『三河雀』にもあります）。もちろんこれは『宇治拾遺物語』その他の文学作品には見られない伝承ですし、舌根寺跡に今も残る「力寿碑」（安永五年）に記載された縁起とも異なる伝承になっています。

このように、ある物語に導かれて現地を訪ねてみたとき、本来の物語とは異なった、あるいは全く違った伝承に出会うことはよくあります。語られる「物語」は、時代を経て、常に変化、成長していきます。そうした「物語」の変化からも、文学史的な知見を得ることができるでしょう。本書のコラムにはそうした点についても触れてありますので、熟読をお願いします。

本書によって、愛知のさまざまな場所が生み、その場所に蓄えられてきた文学の広がりを是非知っていただけたら、と願っています。

森田貴之

凡例

・各本文の底本は、それぞれ作品の末尾に記した。原則として各底本に従ったが、漢字、仮名遣い、送り仮名等を改めた箇所もある。ただし、その場合でも逐一示すことはしていない。
・本文の省略を行った箇所については、その箇所を本文中に注した。
・また、表記等の処理について、各作品内においては統一することに努めたが、多様な分野の作品を収録していることに鑑みて、本書全体でその方針を統一することはしていない。
・脚注、コラムの作成、執筆に関して、多くの先学の学恩を蒙ったが、本書の性質上、すべての典拠や先行研究等を示すことはしていない。
・コラム等で引用した本文についても、その底本等の情報は略した。
・本書に掲載の画像等の情報は巻末にまとめて示した。掲載を許可いただいた関係諸機関に御礼申し上げる。

第一講

熱田『日本書紀』

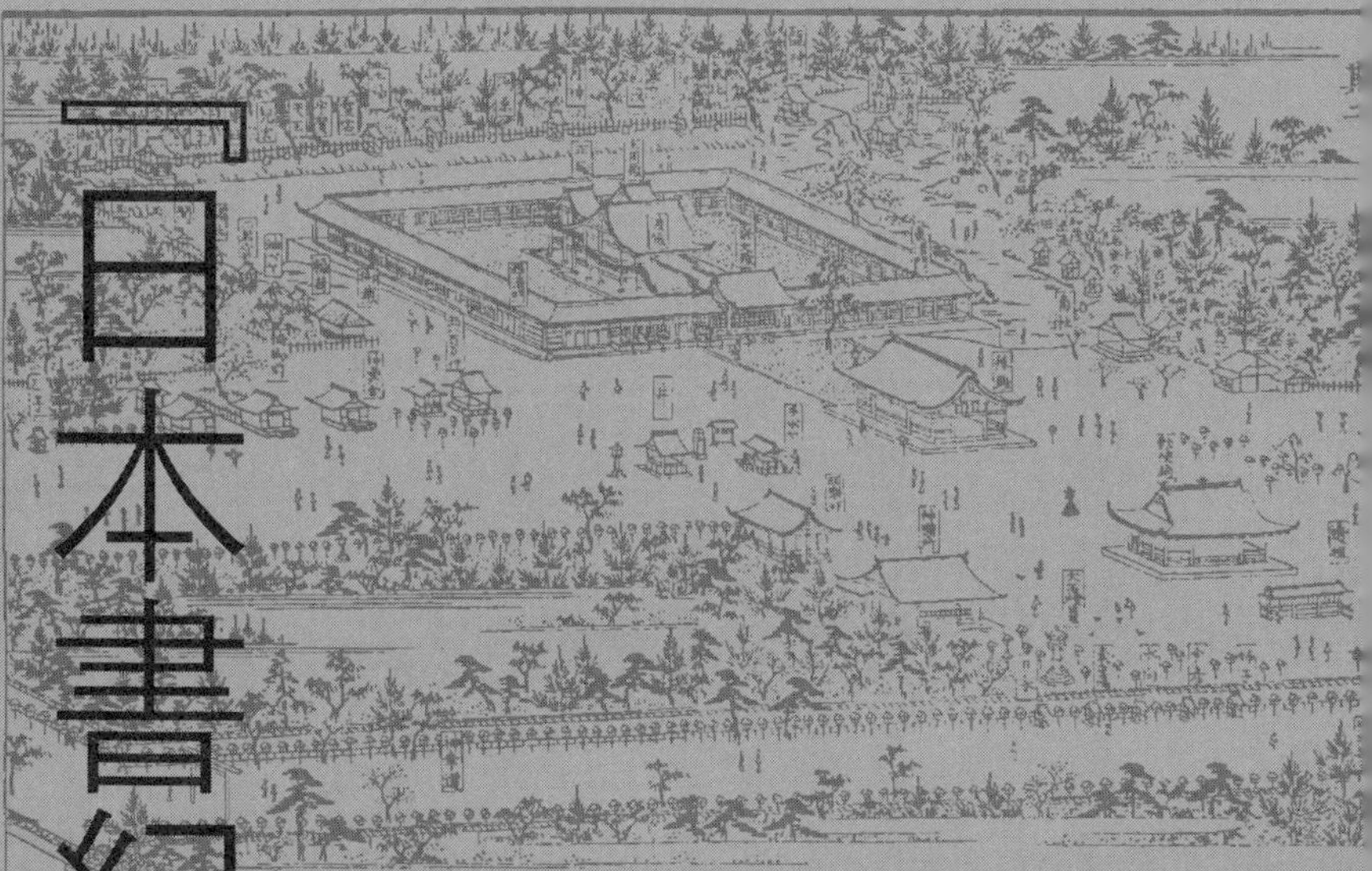

『尾張名所図会』巻三「熱田大宮全図」

◆熱田《アツタ》◆　愛知県名古屋市熱田区神宮周辺

地名の由来は『尾張志』の年魚市田《あゆちだ》を約したものとする説、また『愛知郡誌』の年魚市潟《あゆちがた》の転訛したものとする説などがあるが確証はない。『日本書紀』神代巻上によれば吾湯市《あゆち》村と呼ばれていたらしい。中世の東海道は熱田の北方を通っており、『海道記』には「朝には入海にて魚にあらずば游べからず、昼は潮干潟なれば馬をはやめてゆく」と記され、阿仏尼『十六夜日記』が「潮干《しほひ》のほどなれば、さはりなく干潟《ひがた》を行」と述べたように、干潮時に利用する間道の起終点として利用されるのみだったが、いずれも熱田社に寄って奉幣・参拝は果たしている。

その後、海岸の干拓が進んだことで、間道が本道となり、近世に東海道に宮宿が置かれて宿場町としての形態を整えていった。ただし、熱田社は戦国期を経て江戸初期にはかなり疲弊しており、芭蕉『野ざらし紀行』（貞享元年（一六八四））では、「熱田に詣づ。社頭大いに破れ、築地はたふれ草村にかくる。かしこに縄をはりて小社の跡をしるし、爰に石をすゑて其神と名のる」といった状況だった。その後、幕府の援助により復興を果たし、貞享四年に再び熱田社を訪れた芭蕉は「熱田御修覆」として「磨《とぎ》なをす鏡も清し雪の花」（『笈の小文』）という句を残している（第十三講参照）。

熱田は蓬莱に擬せられることも多く、それに関連して、楊貴妃が死後に至った蓬莱宮を熱田社とみなし、熱田大神を楊貴妃とする伝説が広く流布し、江戸初期まではその墓まで作られていたという。

『日本書紀』巻七・景行天皇（四〇年十月）

作品概説
神代より持統天皇十一年（六九七）八月に至る史書。六国史の初めに位置する。舎人親王ら撰。養老四年（七二〇）五月二一日完成、奏上。巻一・二は神代巻で、巻三神武天皇から巻三〇持統天皇に至る。文体は漢文を基本とする。諸所に地名伝説や事物の由来伝説が記されている。『古事記』と共通する話題も多いが、相違が少なくない。

場面概説
東国の蝦夷征服（東征）ための将軍に選ばれた大碓皇子《おおうすのみこ》は怖気づいて逃げ、かわりに熊襲征服から戻ったばかりの弟日本武尊が立候補する。景行天皇は皇位継承の約束を与え、吉備氏や大伴氏をつけて華々しく出発させる。

冬十月の壬子《じんし》の朔《つきたち》にして癸丑《きちう》に、日本武尊《やまとたけるのみこと》、発路《みちたち》したまふ。戊午《ぼご》に、道を枉《ま》げて伊勢神宮《いせのかむみや》を拝《をろが》みたまふ。仍《よ》りて倭姫命《やまとひめのみこと》に辞《いとまをまを》して曰《まを》さく、「今し天皇《すめらみこと》の命《おほみこと》を被《かがふ》りて、東に征きて諸《もろもろ》の叛者《そむけるものども》を誅《つみな》はむとす。故《かれ》、辞す」とまをしたまふ。是《ここ》に倭姫命、草薙剣《くさなぎのつるぎ》を取りて日本武尊に授けて曰《のたま》はく、「慎みてな怠りそ」とのたまふ。是《こ》の歳に、日本武尊、初めて駿《する》河《が》に至りたまふ。其の処《ところ》の賊《あた》、陽《いつは》り従《したが》ひて、欺《あざむ》きて曰《いは》く、「是の野に、

寄り道して

偽って従い、尊をだまして

日本武尊…第十二代景行天皇の皇子で、第十四代仲哀天皇の父にあたる。熊襲征討・東国征討を行なった日本古代史上の伝説的英雄。小碓王とも。

倭姫命…垂仁天皇の皇女。垂仁天皇二五年、それまで倭《やまと》の笠縫邑《かさぬいのむら》で奉斎されていた天照大神を、さらによ

麋鹿《おほしか》甚だ多し。気《いき》は朝霧の如く、足は茂林《もきはやし》の如し。臨《いでま》して狩りたまへ」といふ。日本武尊、其の言《こと》を信《う》けたまひ、野中に入りて覓獣《かり》したまふ《その言葉を信用して、野の中に入って狩りをされた》。賊《あた》、王《みこ》を殺さむといふ情《こころ》有りて〈王とは、日本武尊を謂ふ。〉火を放《つ》けて其の野を焼く。王欺かえぬと知ろしめして、則ち燧《ひうち》を以《も》ちて火を出《うちいだ》し向焼《むかひびつ》けて免るること得たまふ。〈一《ある》に云はく、王の佩《は》かせる剣叢雲《むらくも》、自《おの》づからに抽《ぬ》けて《自然とさやから抜けて》、王の傍の草を薙《な》ぎ攘《はら》ふ。是《これ》に因《よ》りて免《まぬか》るること得たまふ。故《かれ》、其の剣を号《なづ》けて草薙《くさなぎ》と曰《い》ふといふ。叢雲、此には茂羅玖毛《もらくも》と云ふ。〉王曰《のたま》はく、「殆《ほとほと》に欺かえぬ《もう少しでだまされるところだった》」とのたまふ。則ち悉《ことごとく》に其の賊衆《あたども》を焚《や》きて滅したまふ。故、其の処《ところ》を号《なづ》けて焼津《やきつ》と曰ふ。亦相模《またさかむ》に進《いでま》して上総《かみつふさ》に往《ゆ》かむと欲《おも》ひ、海を望みて高言《ことあげ》して曰《のたま》はく、「是小《これちひさき》海のみ。立跳《たちはしり》にも渡りつべし《跳びこえてでも渡ることができよう》」とのたまふ。乃ち海中《わたなか》に至り、暴風《あからしまかぜ》忽《たちまち》に起り、王船漂蕩《みふねただよ》ひて、渡るべくもあらず。時に、王に従ひまつる妾《をみな》有り。弟橘媛《おとたちばなひめ》と曰ふ。穂積氏忍山宿禰《ほづみうぢのおしやまのすくね》が女《むすめ》なり。王に啓《まを》して曰《まを》さく、「今し風起り浪泌《はや》くして王船没《しづ》まむとす。是《これ》、

い鎮座地を求めて伊賀、近江、美濃、尾張を経て伊勢国五十鈴川上に遷座したとされる。

駿河国…大井川以東の静岡県中部・東部。

草薙剣…三種の神器の一つ。素戔嗚尊《すさのおのみこと》が出雲で八岐大蛇《やまたのおろち》を退治したとき尾の中から得た剣で、天照大神に奉献され、伊勢にあった。

弟橘媛…日本武尊の后で、日本武尊との間に稚武彦王を儲けたとされる。

必ず海神《わたつみ》の心なり。願はくは賤しき妾《やつこ》が身を以《も》ちて、王の命《みいのち》に贖《か》へて海に入らむ」とまをす。言訖《をは》りて、乃ち瀾《なみ》を披《おしわ》けて入る。暴風即ち止み、船岸に著《つ》くこと得たり。

［略：日本武尊は上総から陸奥へ入り蝦夷を平定し甲斐に着く］

時に挙燭《ひとも》して進食《みをし》《お食事をされた》しまたふ。是の夜《よる》に、歌《みうた》を以《も》ちて侍者《さぶらひひと》に問ひて曰《のたま》はく、

新治《にひばり》　筑波《つくは》を過ぎて　幾夜か寝つる

とのたまふ。諸《もろもろ》の侍者、え答へ言《まを》さず。時に秉燭者《ひともしひと》有り。王《みこ》の歌《みうた》の末《すゑ》を続《つ》ぎて歌《うたよみ》して曰《まを》さく

かがなべて　夜には九夜《ここのよ》　日には十日《とをか》を

とまをす。即ち秉燭人の聡《さと》きを美《ほ》めたまひて、敦《あつ》く賞《めぐ》みたまふ。［略］

是に、日本武尊の曰はく、「蝦夷《えみし》の凶首、咸《みな》其《そ》の辜《つみ》に伏《したが》ひぬ。唯《ただ》し信濃国・越国《こしのくに》のみ頗《すこぶる》未《いま》だ化《くわ》に従はず」とのたまひ、則ち甲斐《かひ》より北、武蔵《むさし》・

新治　筑波を過ぎて…中世には以下の問答を連歌の起源とする認識があり、連歌の道を「筑波の道」と呼ぶ。準勅撰連歌集『菟玖波《つくば》集』の書名などもこれに由来する。

上野《かみつけの》を転歴《めぐりへ》て、西、碓日坂《うすひのさか》に逮《いた》ります。時に、日本武尊、毎《つね》に弟橘媛を顧《しの》ひたまふ《いつも亡くなった弟橘媛を偲ばれていた》情《みこころ》有り。故《かれ》、碓日嶺《うすひのみね》に登りまして、東南《たつみのかた》を望みて三歎《みたびなげ》かして《三度嘆息なさって》曰はく、「吾嬬《あづま》はや」《「ああ、わが妻よ」と言われた》とのたまふ。〈嬬、此には菟摩《つま》と云ふ。〉故、因りて山の東の諸国を号《なづ》けて、吾嬬国《あづまのくに》と曰ふ。

［略：信濃国・美濃国を通り、尾張国に戻る］

日本武尊、更《また》尾張に還《かへ》りまして、即《すなは》ち尾張氏が女宮簀媛《みやずひめ》を娶《めと》りて、淹留《ひさしくとどま》りて月を踰《こ》えたまふ《暫く滞在して月日を過ごされた》。是に、近江《あふみ》の胆吹山《いぶきのやま》に荒《あらぶる》神有りと聞《きこ》しめして、即ち剣を解《ぬ》きて宮簀媛の家に置きて、徒《むなで》に行《い》でます《素手でかけられた》。胆吹山に至りますに、山神、大蛇《おほへみ》に化《な》りて道に当《あた》れり。爰《ここ》に日本武尊、主神《かむざね》の蛇《へみ》に化《な》れりといふことを《山の神が蛇となっているということを》知りたまはずして謂《のたま》はく、「是の大蛇は、必ず荒神の使《つかひ》ならむ。既に主神を殺すこと得てば、其の使者《つかひ》、豈《あに》求むるに足らむや《その使いなどは相手にしなくていいだろう》」とのたまふ。因りて蛇を跨《またこ》えて猶《なほ》し行《い》でます《蛇をまたいでさらに進まれた》。時に山神、雲を興《おこ》し氷《ひ》を零《ふ》らしむ。峰霧《き》り谷暗くして復《また》行くべき路無し。乃ち棲遑《しじま》ひて其の跋渉《ふみわた》る所を知らず《進退窮まり、通るべき道もわからなかった》。然る

碓日坂…碓日峠。上野と信濃の国境。これより東は坂東。『古事記』は「足柄坂」とする。足柄峠も相模と駿河の国境であり、これより東は坂東になる。

宮簀媛…日本武尊の妻の一人。『古事記』では、尾張の国造の祖先となる。

即ち剣を解きて～徒に行でます。…ここで草薙剣を宮簀媛のもとに置いているが、詳しい理由は語られない。素手になった理由は、後で語られるように尾津で元々の佩剣を置き忘れていたからである。

山神、大蛇に化《な》りて…『古事記』では、伊吹山の神は白猪である。

に霧を凌ぎて強《あながち》に行《い》で、方《まさ》しに僅《わづか》に出づること得たまへり《無理に進んで、かろうじて霧からお出になることができた》。猶し失意《こころまと》ひ《まだ混乱して》て酔《ゑ》へるが如し。因りて山下《ふもと》の泉の側《ほとり》に居《ま》して、乃ち其の水を飲して醒《さ》めます。故、其の泉を号《なづ》けて、居醒泉《ゐさめがゐ》と曰《い》ふ。日本武尊、是に始《はじ》めて痛身《なや》みたまふこと有り《ここで初めて体力が衰え弱られてしまった。》。然して稍《やくやく》に起《た》ちて、尾張に還《かへ》ります。爰《ここ》に宮簀媛の家に入りたまはずして、便《すなは》ち伊勢に移りて尾津《をつ》に到りたまふ。昔《さき》に、日本武尊、東に向《い》でまししし歳に、尾津浜《をつのはま》に停《とどま》りて進食《みをし》したまひき。是《こ》の時に、一剣《ひとつのつるぎ》を解《ぬ》きて松の下《もと》に置き、遂に忘れて去《ゆ》きたまひき。今し此《ここ》に至りたまふに、剣猶《なほ》し存《のこ》れり。故、歌《みうたよみ》して曰《のたま》はく、

　尾張に　直《ただ》に向へる　一つ松あはれ　一つ松　人にありせば　衣着《き》せま
　　しを　太刀佩《は》けましを

とのたまふ。能褒野《のぼの》に逮《いた》りて、痛みたまふこと甚し。則ち俘《とりこ》にせる蝦夷等《えみしども》を以ちて、神宮《かむみや》に献《たてまつ》る。因りて吉備武彦を遣して、天皇に奏《まを》して曰《まを》したまはく、「臣《やつかれ》、命を天朝《みかど》に受《うけたまは》りて、遠く東夷《あづまのひな》を征《う》つ。則ち神の恩《みめぐみ》を

居醒泉…滋賀県米原町に醒井の地名がある。中山道の宿場。

尾張に還ります…『古事記』では尾張には戻らない。

尾津…三重県桑名市多度町戸津に尾津神社がある。

昔《さき》に…ここで語られるエピソードは、時系列的には出征時の出来事。東征の際、尾津浜で食事をし、佩剣を忘れ、草薙剣のみを携行していたことが明かされる。

能褒野《のぼの》…三重県北部、鈴鹿山脈の東麓、御幣川と内部川の間の扇状地の扇端近く、鈴鹿、亀山両市に広がる洪積台地。能褒野墓がある。

吉備武彦…本武尊東征の従者の一人。途中で越国へ視察に派遣され、日本武尊とは美濃で合流した。

被《かがふ》り、皇《おほきみ》の威《みいきほひ》に頼《よ》りて、叛者《そむけるもの》罪に伏《したが》ひ、荒神自づからに調《にき》びぬ《自然に馴れ親しむようになった》。是を以ちて、甲《よろひ》を巻き戈を戢《おさ》め、愷悌《がいてい》して還《かへ》れり《心安らいで帰りました》。冀《ねが》はくは、曷《いづれ》の日曷《いづれ》の時にか、天朝《みかど》に復命《かへりごとまを》さむと。然るに天命忽に至り、隙駟《げきし》停《とど》め難し《余名いくばくもありません》。是を以ちて、独り曠野《あらの》に臥し、誰に語らむことも無し。豈《あに》身の亡《う》せなむことを惜《を》しまむや。唯《ただ》し愁《うれ》ふらくは、面《まなたりつか》へまつらずなりぬることのみ《御前にお仕えできなくなることだけです》」とまをしたまふ。既にして能褒野《のぼの》に崩《かむあが》ります。時に年《みとし》三十なり。

天皇聞しめして、寝席安からず、食味《うま》甘からず《安眠できず、食事も味わえない。》。昼夜に喉咽《むせ》ひて、泣悲しび摽擗《みむねう》ちたまふ《胸を打たれなさった》。因りて大きに歎きて曰《のたま》はく、「我が子小碓王《をうすのみこ》、昔熊襲《くまそ》の叛《そむ》きし日に、未だ総角《あげまき》にも及《いた》らぬに《まだ髪を結い上げてもいないのに》、久しく征伐《せいばつ》に煩《なづ》み、既にして恒《つね》に左右《いつも側にい》に在りて朕《わ》が不及《かけたる》を補《おきぬ》ひき《て私の到らないところを補佐してくれた》。然るに東夷騒動《さわぎとよ》み、討たしむる者《ひとな》勿し。愛《かな》し《愛しさ》きを忍びて賊の境《あた》に入らしむ《を我慢して賊のいる地に行かせた》。一日も顧《しの》はずといふこと無し。是を以ちて、朝夕に進退《おこな》ひて、還らむ日を佇待《たたずみま》ちしに、何の禍《わざはひ》ぞも、何の罪ぞも《何の災いや罪があってか》、不意之間《ゆくりもなく》《思いがけず》、我が子を倏亡《しゆくぼう》すること《我が子を亡くすとは》。今より以後《のち》、誰人《たれ》と与《とも》にか鴻業《あまつひつぎ》を《誰と共に天下を治めたらよいのか》

「日本武尊経路地図」

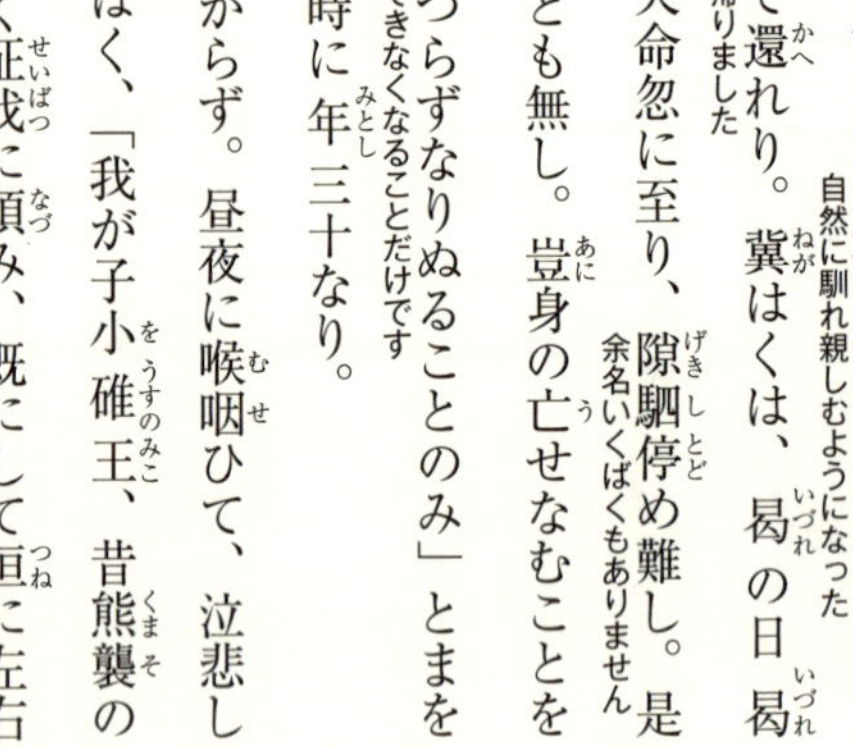

経綸《をさ》めむ」とのたまふ。即ち群卿《まへつきみたち》に詔し、百寮《もものつかさ》に命《みことおほ》せて、仍《よ》りて伊勢国の能褒野陵《みささぎ》に葬《はぶ》りまつる。時に日本武尊、白鳥《しろとり》に化《な》りたまひて、陵より出でて、倭国《やまとのくに》を指して飛びたまふ。群臣《まへつをみたち》等、因りて其の棺櫬《みひつき》を開きて視《み》たてまつるに、明衣《めいい》のみ空《むな》しく留りて、屍骨《みかばね》無し。是に、使者《つかひ》を遣《つかは》して白鳥を追ひ尋《と》めしむるに、則ち倭《やまと》の琴弾原《ことひきはら》に停《とどま》れり。仍《よ》りて其の処《ところ》に陵《みささぎ》を造る。白鳥、更《また》飛びて河内《かふち》に至り、旧市邑《ふるいちのむら》に留れり。亦《また》其の処に陵を作る。故、時人《ときのひと》、是《こ》の三陵《みつのみささぎ》を号けて白鳥陵《しろとりのみささぎ》と曰ふ。然して遂に高く翔《かけ》りて天《あめ》に上りしかば、徒《ただ》に衣冠《みそみかがふり》のみを葬《をさ》めまつる。因りて功名《いさをしきみな》を《功績を後世に》録《つた》へむとして《伝えようとして》、即《すなは》ち武部《たけるべ》を定む。是歳《ことし》、天皇践祚《あまつひつぎしろしめ》しし四十三年なり。

［略］初め、日本武尊の佩《は》かせる草薙横刀《くさなぎのたち》は、是今《これいま》し、尾張国の年魚市郡《あゆちのこほり》の熱田社《あつたのみやしろ》に在り。

（小学館・新編日本古典文学全集『日本書紀①』による）

琴弾原《ことひきはら》…現在の奈良県御所市冨田。白鳥陵がある。

旧市邑《ふるいちのむら》…現在の大阪府羽曳野市古市。ここにも白鳥陵がある。

剣が熱田に残った理由

日本武尊が伊吹山に向かって出発する時に、宮簀媛のもとに残していった草薙剣。その剣はいま、熱田神宮にあるとされる。しかし、「即ち剣を解きて宮簀媛の家に置きて」（『日本書紀』。『古事記』ほぼ同じ）とあるのみで、その理由は語られていない。

しかし、その経緯は、『尾張国風土記』佚文（『釈日本紀』所収）に詳しく語られている。

熱田の社は、昔、日本武命、東国を巡歴《へめぐ》りて還りたまひし時、尾張連等が遠祖、宮酢媛命に娶《あ》ひて、其の家に宿りましき。夜頭《よのほど》に厠に向でまして、随身《おば》せる剣を桑の木に掛け、遺《わす》れて殿に入りましき。乃ち驚きて、更往《またゆ》きて取りたまふに、剣、光《かがや》きて神如《かみな》し、把《と》り得たまはず。即ち宮酢姫に謂りたまひしく、「此の剣は神の気あり。齋《いつ》き奉《まつ》りて吾《あ》が形影《みかげ》と為《せ》よ」とのりたまひき。因《よ》りて社を立てき。郷《さと》に由《よ》りて名と為しき。

このように、『日本書紀』では「是今、尾張国の年魚市郡の熱田社に在り」と記されているに過ぎない草薙剣と熱田社との関係（『古事記』では明示さえされない）が、熱田社の創建の由来にまで関連付けられ、剣の神聖性がさらに強調されている。

そして、この伝承は『尾張国熱田太神宮縁起』など、熱田神宮側の縁起にも採用されている。同『縁起』は、基本的には『日本書紀』の記述によりつつ、一部『古事記』を利用しているが、この剣と熱田社との関係に触れる箇所は、『尾張国風土記』との濃厚な関係が想定できるのである。

　さらに、同『縁起』では、次のように〝熱田〟という地名の由来譚にまで成長している。

日本武尊奄忽《えんこつ》に仙化せし後、宮酢姫、平生の約を違へず、独《ひと》り御床を守り、神剣安置す。光彩日に亜《つ》ぎ、霊験著聞、若し禱を請ふ人有らば、感応影響を同《ひと》しくす。於是《ここにおいて》、宮酢姫、親旧を会集し、相議して曰く、「我身衰耗《すいもう》せり。昏暁に事《こと》を期《き》し難く、須《すべから》く未だ瞑《ねぶ》らざる前《さき》に社を占ひ、神剣を奉遷すべし」と。衆議之に感じ、其の社の処を定むるに、楓樹一株有り。自然《おのづから》炎焼し、水田の中に倒《たふ》れ、光焔銷《き》えず、水田尚《な》ほ熱し。仍《よつ》て熱田社と号す。

　いわゆる〝日本神話〟には確固たる一つの定型があるわけではない。『日本書紀』と『古事記』では、東征の際の日本武尊の心境さえ大きく異なる。『日本書紀』では、意気地のない兄に代わって日本武尊が自発的に征討におもむき、天皇の期待を集めて出発する。その日本武尊像は栄光に満ちている。それに対して、『古事記』では、悲嘆の涙にくれて旅立っている。

　こうしたそもそもの神話の〝揺れ〟こそが、各時代の各作品が、ある程度自由に神話を用い、再構成できた理由でもあろう。

「日本武尊宮簀媛命と一別の時形見に宝剣を授たまふ図」『尾張名所図会』巻三

熱田神宮

草薙剣を祀る神社。古くは、海岸線が近くまで来ており、伊勢湾に突出した岬の上に位置していた。

八剣宮

神宮内にある別宮。こちらは元明天皇が命じて神剣を作らせて奉納したことに始まる。

白鳥古墳

熱田神宮では日本武尊の陵としている。これは、能褒野に葬られてのち白鳥となった日本武尊が当地に降り立ったという伝承に基づく。

交通：名古屋市地下鉄名城線神宮西駅
名鉄常滑線、名古屋本線神宮前駅
ＪＲ東海道本線熱田駅

氷上姉子神社

熱田からは離れた名古屋市緑区大高町火上山にある。熱田神宮の創祀以前に草薙剣が奉斎された地とされる。元宮付近に宮簀媛の邸宅跡の碑が立つ。

熱田神宮

氷上姉子神社

【関係系図】

垂仁天皇
├ 景行天皇
│ ├ 大碓皇子
│ ├ 日本武尊（小碓皇子）
│ └ 成務天皇
└ 倭姫命

【本文を読みたい人に】

小島憲之・直木孝次郎・西宮一民・蔵中進・毛利正守 校注『日本書紀（1）〜（3）』（小学館・新編日本古典文学全集、一九九四〜一九九八年）

宇治谷孟『全現代語訳 日本書紀（上）・（下）』（講談社学術文庫、一九八八年）

【もっと詳しく知りたい人に】

上田正昭『日本武尊』（吉川弘文館人物叢書、一九八五年）

神野志隆光『古事記と日本書紀 「天皇神話」の歴史』（講談社現代新書、一九九九年）

遠藤慶太『六国史—日本書紀に始まる古代の「正史」』（中公新書、二〇一六年）

第二講

引馬野『万葉集』

『東海道名所図会』巻三「引馬野」

◆引馬野《ヒクマノ》◆　豊川市御津《みと》町御馬周辺

『万葉集』持統上皇三河行幸歌群冒頭五七番歌が初出である。同歌群は、前半二首、後半三首の五首で構成される。前半二首は、伊勢国南部から海路をわたって三河国の入江に上陸し、豊川河口に広がる引馬野の地を言祝ぐ五七番歌と、ここまでの旅路を振り返り、海上で供奉した海人たちの行く先を思う五八番歌を並べている。景の賛美と旅愁の情を対置する配列は、後半三首においても同様である。

引馬野の所在については、賀茂真淵『万葉考』以来の遠江説も残るが、歌群の題詞、史書の行幸記事、古代の東海道交通路などから勘案して、三河と見るのが妥当である。地名の由来は不明だが、三河湾と伊勢湾をつなぐ海路を利用する際、馬を預けたり、購ったりしたという土地柄に関わるのではないか。

引馬野の表現史は、『万葉集』以降、長く断絶していたが、万葉調の歌語を積極的に摂取した「堀河百首」において、「春霞たちかくせどもひめこ松ひくまののべにわれはきにけり」（子日・一八・大江匡房）、「ひくまののかやが下なるおもひ草また二心なしとしらずや」（思・一八・藤原仲実）の二首が詠まれた。大江匡房歌は、子の日の「小松引」と「引馬野」の「引」を掛けたもので、その後も、「姫小松」「子日の松」と「引馬野」の取り合わせは踏襲された。馬具である「鞍」「轡」を掛詞とした「くらくら」「轡虫」との縁語関係で組み立てた「ひくまののゆふつけおけるくらくらに声たてたてなく轡虫かな」（「南宮歌合」虫・一五・重道）は珍しい用例と言えるだろう。また、新古今時代には、梓弓と詠み合わせた式子内親王（「正治初度百首」二四八秋）、藤原定家（『拾遺愚草』二一〇七）、五七番歌を本歌取りした藤原家隆（『壬二集』二三五三）、為家（「為家千首」三二四）などの新たな用例が確認できる。

『万葉集』巻第一「二年壬寅太上天皇幸二于参河国一時歌」

作品概説

現存最古の和歌集。全二〇巻。約四五〇〇首の長歌、短歌、旋頭歌、仏足石歌などを収める。段階的な成立過程を経て、奈良末期、現在の形に集成されたか。漢字の音訓等を利用した万葉仮名表記は、平安時代には難読とされ、中古・中世の歌人たちによって古点、次点、新点が付されていった。近世には、契沖、賀茂真淵らの注釈研究が知られる。

場面概説

持統上皇三河行幸歌群（東国行幸歌群とも）。『続日本紀』の関連記事により、四〇数日間の長期行幸であったことを確認できる。七月十八日伊賀・伊勢・美濃・尾張・参河に行宮造営、十月十日参河国、十一月十三日尾張国、十七日美濃国、二二日伊勢国、二四日伊賀国、二五日帰京。詠作者を左注で示す五七・五八番歌に対し、五九～六一番歌では詞書として示している。詠歌状況や依拠資料の違いによるか。

二年壬寅太上天皇幸二于参河国一時歌

（二年《大宝二年》壬寅《じんいん》、太上天皇《持統上皇》、参河国に幸《いでま》せる時の歌）

57 引馬野尓《ひくまのに》　仁保布榛原《にほふはりはら》　入乱《いりみだれ》　衣尓保波勢《ころもにほはせ》　多鼻能知師尓《たびのしるしに》

（引馬野に　にほふ榛原《美しく色づく榛原に》　入り乱れ　衣にほはせ《衣を美しく染め上げなさい》　旅のしるしに）

太上天皇…持統上皇。文武天皇元年（六九七）、史上初の太上天皇となる。大宝二年（七〇二）十二月二二日崩御。

右一首、長忌寸奥麻呂《ながのいみきおきまろ》

（右一首は、長忌寸奥麻呂）

58

何処尓可《いづくにか》　船泊為良武《ふなはてすらむ》　安礼乃埼《あれのさき》　榜多味行之《こぎたみゆきし》　棚無小舟《たななしをぶね》

（いづくにか　船泊てすらむ　安礼の﨑　漕ぎたみ行きし《漕ぎ回って進んでいった》　棚無し小舟）

右一首、高市連黒人《たけちのむらじくろひと》

（右一首は、高市連黒人）

誉謝女王《よざのおほきみ》作歌

（誉謝女王の作る歌）

59

流経《ながらふる》　妻吹風之《つまふくかぜの》　寒夜尓《さむきよに》　吾勢能君者《わがせのきみは》　独香宿良武《ひとりかぬらむ》

長忌寸奥麻呂…宮廷歌人。名は意吉麻呂、意寸麻呂とも記す。『万葉集』に十四首あり。

安礼の﨑…所在未詳。

たみ…「たむ」の連用形。回る、廻る。

棚無し小舟…舟棚のない小舟、丸木舟。

高市連黒人…宮廷歌人。『万葉集』に十五首（十八首とも）あり。

誉謝女王…伝未詳。『続日本紀』慶雲三年（七〇六）「六月癸酉朔丙申従四位下誉謝女王卒」。

つま…褄、切妻の意など諸説あり。「夫」が掛けられている。「つま」には「妾」「雪」の誤写とも。

（流らふる《しきりに流れ続ける》　つま吹く風の　寒き夜に　吾が背の君は　ひとりか寝らむ《一人寝ているのだろうか》）

長皇子《ながのみこ》御歌

（長皇子の御歌《みうた》）

60

暮相而《よひにあひて》　朝面無美《あしたおもなみ》　隠尓加《なばりにか》　気《け》長妹之《ながきいもが》　廬利為里計武《いほりせりけむ》

（宵に逢ひて　朝面なみ《朝は恥ずかしがって》　名張にか　日長き妹が　廬りせりけむ《仮寝をしていたのだろうか》）

舎人娘子《とねりのをとめ》従駕作歌

（舎人娘子の従駕して作る歌）

61

大夫之《ますらをの》　得物矢手挿《さつやたばさみ》　立向《たちむかひ》　射流円方波《いるまとかたは》　見尓清潔之《みるにさやけし》

（ますらをの　さつ矢手挟み《手に挟み持って》　立ち向かひ　射る的形《まとかた》は　見るにさやけし）

（小学館・新編日本古典文学全集『萬葉集①』による）

長皇子…長親王。賜姓王族・文室（文屋）の祖。『万葉集』に五首あり。

なばり…伊賀国名張郡。序詞「暮相而朝面無美《よひにあひてあしたおもなみ》」から導かれ、「隠り」から地名「名張」に転じる。

日長き妹…長旅の途上に恋しく思い出す妻、あるいは、長旅に随行している恋しい妻。

舎人娘子…伝未詳。『万葉集』に舎人皇子との贈答歌（巻二・一一八）あり。

さつ矢…猟矢。幸矢。狩猟に使う矢。

円方…伊勢国多気郡。序詞「大夫之得物矢手挿立向射流《ますらをのさつやたばさみたちむかひいる》」から導かれ、矢の「的」から地名「的方」に転じる。

（参考）『万葉集』巻三「高市連黒人羇旅歌八首」

270　客為而《たびにして》　物恋敷尓《ものこひしきに》　山下《やまもとの》　赤乃曾保船《あけのそほぶね》　奥榜《おきをこぐ》所レ見《みゆ》

（旅にして　もの恋しきに　山下の　赤のそほ船　沖を漕ぐ見ゆ）

271　桜田部《さくらだへ》　鶴鳴渡《たづなきわたる》　年魚市方《あゆちがた》　塩干二家良之《しほひにけらし》　鶴鳴渡《たづなきわたる》

（桜田へ　鶴鳴き渡る　年魚市潟　潮干にけらし　鶴鳴き渡る）

272　四極山《しはつやま》　打越見者《うちこえみれば》　笠縫之《かさぬひの》　嶋榜隠《しまこぎかくる》　棚無小船《たななしをぶね》

（四極山　うち越え見れば　笠縫の　島漕ぎ隠る　棚無し小船）

273　礒前《いそのさき》　榜手廻行者《こぎたみゆけば》　近江海《あふみのうみ》　八十之湊尓《やそのみなとに》　鵠佐波二鳴《たづさはになく》

（磯の崎　漕ぎ廻み行けば　近江の海　八十の湊に　鶴さはに鳴く）

274
吾船者《わがふねは》　枚乃湖尓《ひらのみなとに》　榜将レ泊《こぎはてむ》　奥部莫避《おきへなさかり》　左夜深去来《さよふけにけり》

(我が船は　比良の湊に　漕ぎ泊てむ　沖辺な離り　さ夜ふけにけり)

275
何処《いづくにか》　吾将レ宿《わがやどりせむ》　高嶋乃《たかしまの》　勝野原尓《かつののはらに》　此比暮去者《このひくれなば》

(いづくにか　我が宿りせむ　高島の　勝野の原に　この日暮れなば)

276
妹母我母《いももあれも》　一有加母《ひとつなれかも》　三河有《みかはなる》　二見自レ道《ふたみのみちゆ》　別不勝鶴《わかれかねつる》

一本云　水河乃《みかはの》　二見之自レ道《ふたみのみちゆ》　別者《わかれなば》　吾勢毛吾文《わがせもあれも》　独可文将レ去《ひとりかもいかむ》

(妹も我も一つなれかも三河なる二見の道ゆ別れかねつる)

(一本に云はく、「三河の　二見の道ゆ　別れなば　我が背も我も　ひとりかも行かむ」)

277
速来而母《はやきても》　見手益物乎《みてましものを》　山背《やましろの》　高槻村《たかのつきむら》　散去奚留鴨《ちりにけるかも》

(早来ても　見てましものを　山背の　高の槻群　散りにけるかも)

高市黒人が詠んだ尾張・三河

高市黒人は、万葉前期、「歌聖」柿本人麻呂にやや遅れて持統・文武朝に活躍した歌人で、『万葉集』には十五首の高市黒人歌が収められている。「高市古人」「高市」の名で題詞がつけられた三二、三三、一七一八番歌についても高市黒人の詠歌と数えて、十八首と見る向きもある。

『万葉集』に収められる黒人歌はすべて旅の歌であり、叙景歌の先駆者として「旅の歌人」と評される。尾張、三河の地を詠んだと思しき和歌には、持統上皇行幸歌群の五八番歌のほか、黒人羇旅歌八首（二七〇～二七七）の二七一、二七六番歌がある。二七二番歌の「四極山」「笠縫の島」も、三河の地名とする説はあるが、定かではない。

二七一番歌には、「年魚市潟」が詠まれている。当時、熱田神宮南には浅海が広がり、満潮時には足を止められる難所であった。引き潮の時には一帯が干潟となり、通行可能になるため、「潮干」を言祝ぐのだろう。遠く去っていく姿を見送る視線は五八番歌に共通するが、海に浮かぶ小舟の孤影を描く五八番歌に対し、空をわたって広大な干潟に向かう鶴の姿を見上げる二七一番歌では、二度繰り返される「鶴鳴き渡る」が力強く響き、大きく広がりのある風景が高揚感をもって描き出されている。

近世、上田秋成が万葉評釈書『金砂』『楢の杣』、史論『遠駝延五登《おだえごと》』や『春雨物語』で「鶴鳴き渡る」についての類歌論を著し、そのうち『春雨物

語』「歌のほまれ」では、二七一番歌を山部赤人の「若の浦に潮満ち来れば潟をなみ葦辺をさして鶴鳴き渡る」（巻六・雑歌・九一九）などと同じ時に詠まれたとしている。これは「歌のほまれ」が独自に仮構したもので、他の著作では、赤人詠ばかりが評価され、先行する黒人詠が十分に評価されていないことを「不遇」（『遠駝延五登』）と記している。「歌論」の体裁をとった「物語」である「歌のほまれ」の虚構性、物語性のあり方については、たびたび議論されるところである。

　二七六番歌で詠まれる「二見の道」は、三河国から遠江国へ向かう時に分岐する道である。当時、浜名湖を挟んで湖南・海側を進む東海道の本道と、東海道が整備される以前から使用されていた湖北・山側の別路があり、どちらも活発に往来されていたという。「三河」「二見」という地名のなかにある数字に着目して「妹も我も一つなれかも」と初句を詠み出し、「二」つに分かたれる道のさまとは対照的に二人で「一つ」なるがゆえに「別れかねつる」と結んでいる。

　同時代歌人の長奥麻呂は、遊戯性や即興性、機知的な発想を持ち味とする歌人で、こうしたことば遊びの感覚が育まれていった時期なのだろう。物名歌の先鞭とされる「長忌寸意吉麻呂歌八首」（巻十六・三八二四～三八三一）のうち、双六のさいころを詠んだ「一二の目のみにはあらず五《ご》六《ろく》三《さ》四《む》さへありけり双六の頭《さえ》」（三九二七）には、数字を詠み込むことへの興味関心がうかがえる。また、奥麻呂が詠んだ五七番歌の第五句「多鼻能知師尓」における「多鼻」の用字は、「引馬野」の地名を意識した遊び心が感じられるものである。

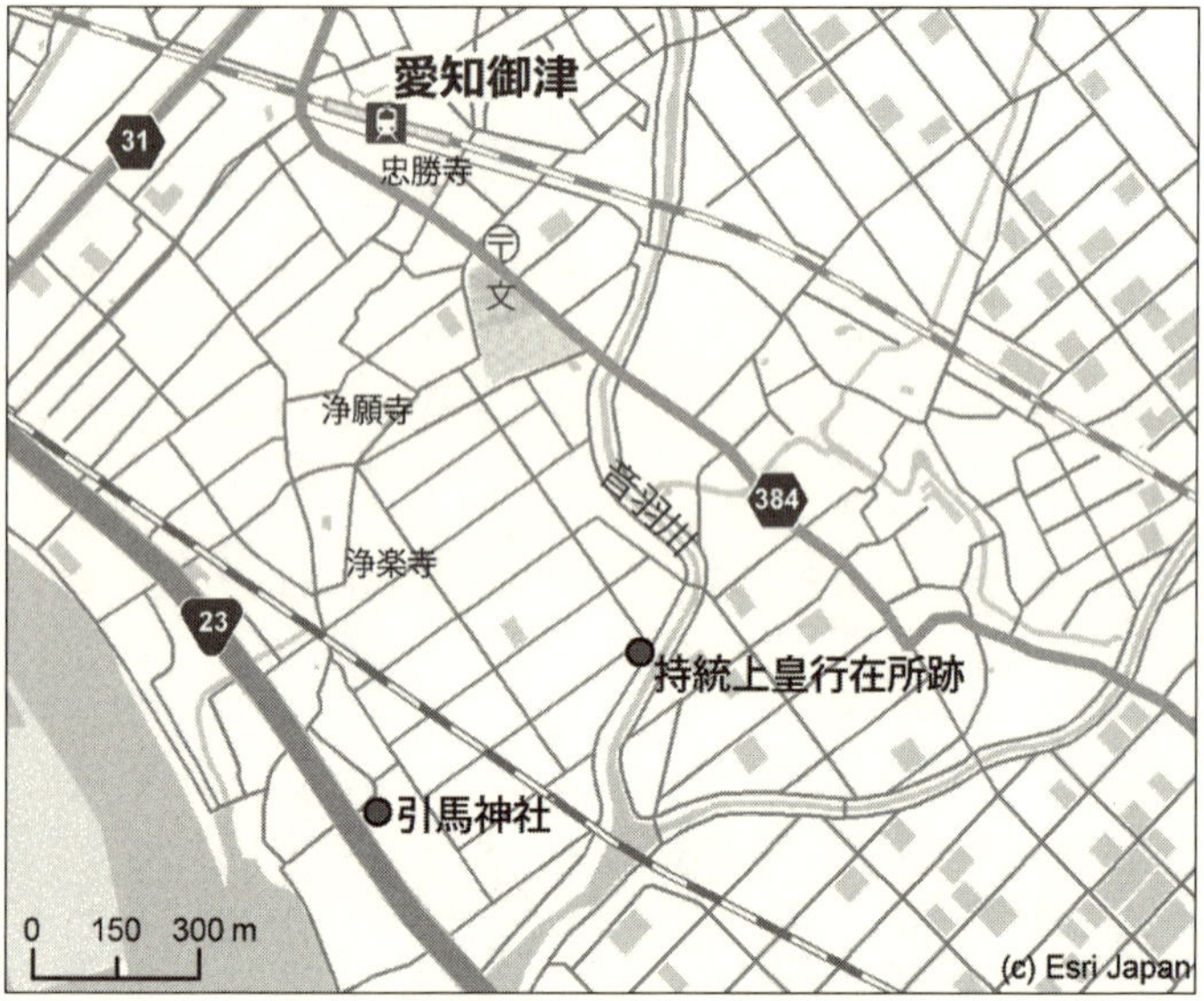

引馬神社

引馬野の地名にちなんだ神社。正暦年間に八坂神社からの勧請により創建、明治時代に現在の社名に改称される以前は牛頭天王社と呼ばれていた。

持統上皇行在所跡

大宝二年（七〇二）に持統上皇が三河に行幸されたときの行在所の跡といわれている。音羽川対岸に「御所」と呼ばれる地名が残されており、当初は河川敷内の老松の傍らに記念碑が建てられていたが、護岸工事により現在地に移された。

交通：ＪＲ東海道本線愛知御津駅徒歩25分。

引馬神社

持統上皇行在所跡

【本文を読みたい人に】

小島憲之・木下正俊・東野治之 校注・訳『萬葉集①〜④』（小学館・新編日本古典文学全集、一九九四〜一九九六年）

佐竹昭広・山田英雄・大谷雅夫・山崎福之・工藤力男 校注『萬葉集一〜四』（岩波書店・新日本古典文学大系、一九九九〜二〇〇三年）

【もっと詳しく知りたい人に】

神野志隆光・坂本信幸 編『万葉の歌人と作品3柿本人麻呂（二）・高市黒人・長奥麻呂・諸皇子たち他』（和泉書院、一九九九年）

佐藤隆 編著『東海の「道」から見た上代文学―東海・東山道を基軸に』（中京大学文化科学研究所、二〇一六年）

第三講

古渡『日本霊異記』

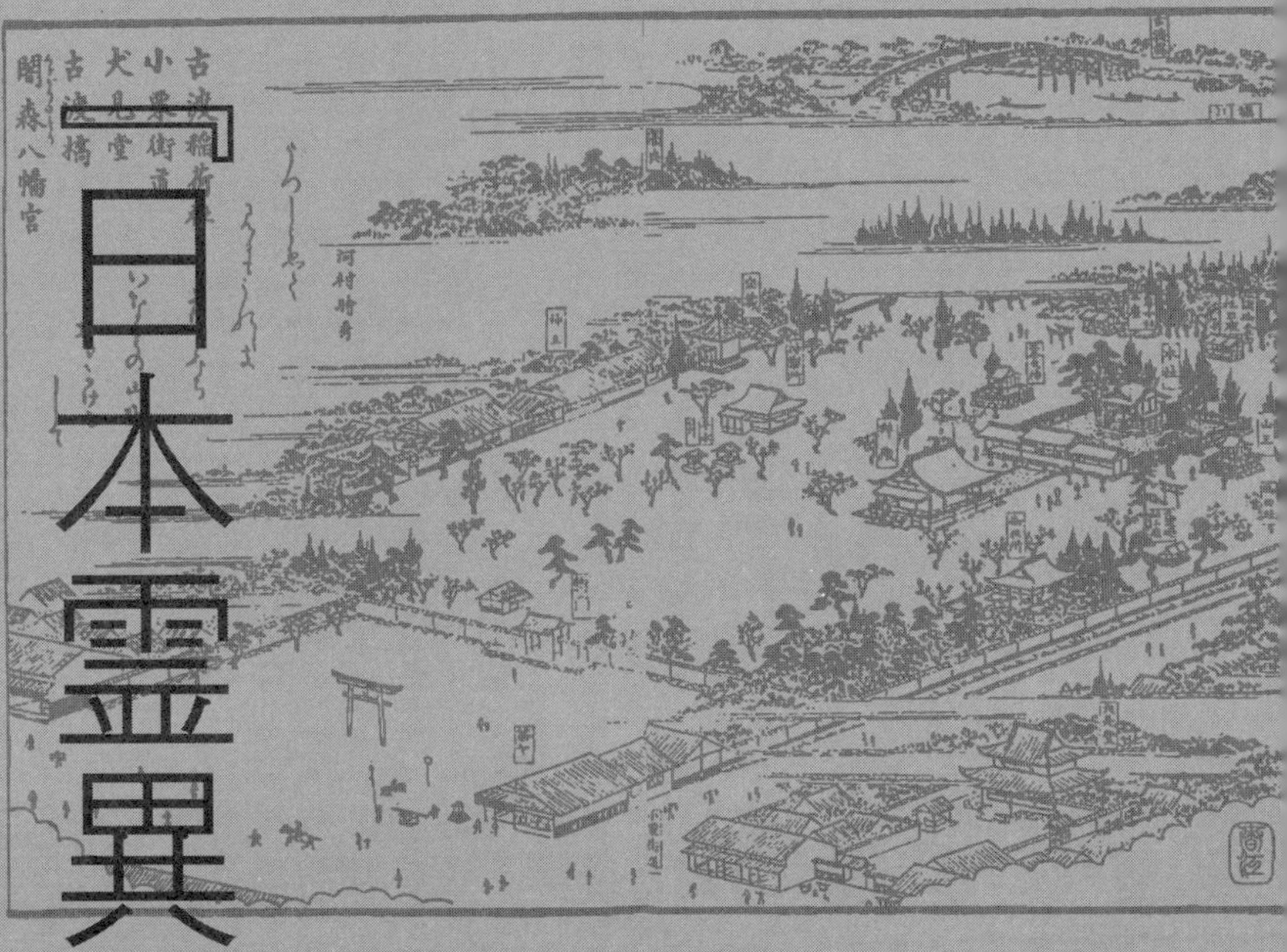

『尾張名所図会』巻一「古渡稲荷社ほか」

◆古渡《フルワタリ》◆　名古屋市中区

本文中の片輪の里とは、かつて古渡《ふるわたり》村と呼ばれていた辺りを指す。大正五年（一九一六）刊の津田正生著『尾張国地名考』によれば、堀川にかかる古渡橋の北、山王橋筋付近の犬見堂と山王稲荷の間の辺りに渡しがあったという。室町時代の歌人、法印堯孝の歌に「都人袖をつらねて古渡古き世はぢぬ影やとどめし」がある（『覧富士記』）。この渡しを通る街道が鎌倉街道であったと推定されている。熱田方面に向かう場所に元興寺跡がある。七世紀後半の白鳳時代の瓦が出土しており、寺は官寺としての格式・規模を誇り、古代尾張南部の中心的寺院であったと考えられているが、寺の伽藍の配置などはわかっていない。『日本紀略』元慶八年（八八四）八月二六日条には、焼失した尾張国分寺の役割を「尾張国愛智郡定額願興寺」に移したとされる記事が載る。現在、道場法師が後に故郷に帰り、この寺を創建したと伝えている。

戦国時代には、織田信秀が古渡城を築いた場所でもある。『信長記』天文十六年（一五四七）に信秀が古渡城を壊して末盛城に移ったという記事が見られるが、戦国時代には激しい戦いの舞台ともなった地である。

江戸時代には、古渡に為朝塚が作られた。そのことは、曲亭馬琴『椿説弓張月』（後編巻四・二四回・初摺本）にも載る。為朝の子が熱田の宮司に預けられた話の後、為朝塚が古渡村にあり、為朝の霊が闇森《くらもり》に祀られていることが記されている。元興寺の鬼退治で名をなした道場法師の里、古渡に、鬼が島の鬼を退治した（『保元物語』）と伝えられる為朝の塚が建てられたことは興味深い。

『日本霊異記』上巻第三「雷の憙《ムガシビ》《好意》を得て生ましめし子の強き力在る縁《ことのもと》」

作品概説

奈良末〜平安初期にかけて成立した仏教説話集。正式名称は『日本国現報善悪霊異記』であり、編者は奈良の薬師寺僧、景戒。上・中・下に分かれ、計一一六の説話が載る。雄略天皇の時代、雷神を捕らえた話から始まり、最後は、高徳の僧が桓武天皇の皇子として転生した話で終わる。様々な事や物の由来が因果応報の論理に基づいて語られている。

場面概説

序、第一話の雷神を捕らえた栖軽《すがる》の墓を「雷の岡」の由来とした話、第二話の狐と人の異類婚姻譚を美濃の「狐の直《あたへ》」の由来とした話に続くのが次の第三話であり、雷神と人の婚姻譚として前二話とモチーフにおいてつながる。

昔敏達天皇〈是れ磐余《いはれ》の譯語田《ヲサだ》の宮に国食《クニヲ》しし渟名倉太玉敷《ぬなくらフトたましき》の命《みこと》ぞ。〉の御世、尾張の国阿育知《あゆち》の郡片蕝《かたワ》の里に一の農夫《タツクルヲノコ》有り。田を作り水を引く時に、小細雨《コサメ》降るが故に、木の本に隠れ、金の杖を撞《ツ》きて立つ。時に雷《いかづち》鳴る。即ち恐り驚き金の杖を擎《ささ》げて立つ。即ち雷彼《そ》の人の前に墮ちて、小子《ちひさこ》と成りて随ひ伏す。

敏達天皇…欽明天皇の第二皇子で、第三〇代の天皇（五七二〜五八五在位）。

磐余《いはれ》の譯語田《ヲサだ》の宮…奈良県桜井市の西部にあった皇居。

其の人、金の杖を持ちて撞《つ》か将《む》とする時に《突こうとする時に》、雷の言はく「我を害《そこな》ふこと莫かれ《殺さないでください》。我汝の恩に報いむ」といふ。其の人問ひて言はく「汝何をか報いむ」といふ。雷答へて言はく「汝に寄せ《あなたに託して》子を胎《はら》ましめて報いむ。故《かれ》、我が為に楠の船を作り水を入れ、竹の葉を泛《うか》べて賜へ」といふ。即ち雷の言ひしが如く作り備《ま》けて《準備して》与へつ。時に雷言はく「近依《ちかよ》ることなかれ」と、遠く避《さ》らしむ。即ち愛《クモ》リ霧《きら》ひて《霧を巻き起こして辺りを曇らせて》天に登る。然して後に産まれし兒の頭に蛇《へみ》を纏《まと》ふこと二《ふた》遍《めぐり》、首尾後に垂れて《頭と尾が後頭部に垂れ下がって》生まる。

長大《ひととなり》て《成長して》年十有餘《とをあまり》の頃、朝庭《みかど》《都の政庁》に力人有り《力の強い人がいる》と聞きて試ミむと念《おも》ひ、大宮《皇居》の辺に来りて居り。爾《そ》の時に臨み、王《おほきみ》の力秀《すぐ》れにたる有り。当《そ》の時、大宮の東《うし》北《とら》の角の別院に住む。彼《そ》の東北の角に、方八尺の石有り。力ある王、住処《すみか》より出でて其の石を取りて投ぐ。即ち住処に入りて門を閉ぢ、他人を出入せしめず。少子視て念《おも》はく、名に聞えたる力人は是れなりとおもふ。夜、人に見えず其の石を取りて投げ益《ま》すこと一尺なり。力ある王見て手ヲ拍《(ウ)》チ攅《タヲ》ミテ《手を叩き、体を曲げて柔らかくして》、

方八尺…約二・五メートル立方

一尺…約三〇センチ

石を取りて投ぐ。常より投げ益すこと得ず。小子も亦二尺投げ益す。王見て二《ふた》たび投ぐれども、猶益すこと得ず。小子の立ちて石を投げし処、小子の跡《足跡》深さ三寸踐《フ》ミ入り《の深さ約十センチ地面にめり込んで》、其の石も亦三尺投げ益す。王、跡を見、是に居る小子の石を投げたりと念ひ、捉へ将《む》として依れば、即ち少子逃ぐ。王、少子の墻《かき》を《垣根を》通りて《通り抜けて》逃ぐるを追ふ。小子亦返る。王、墻の上を踰《こ》えて追へば、小子も亦返り通りて逃げ走る。力ある王、終に捉ふること得ず、我より力益《まさ》れる小子なりと念ひ、更に追はず。

然して後に少子元興寺の童子《ワラハ》と作《な》る。時に其の寺の鐘堂、夜別《よごと》に《毎晩（人が）》死ぬ。彼《そ》の童子見て、衆僧に《多くの僧に》白《まう》して言はく「我此の鬼を捉へて殺し、謹しみて此の死災を止めむ」といふ。衆僧聴許《ゆる》しつ。童子、鐘堂の四つの角に四つの燈を置き、儲《まう》けし四人に言ひ教へて、「我鬼を捉ふる時に、倶に燈を覆へる蓋《フタ》を開け」といふ。然して鐘堂の戸の本に居り。大きなる鬼半夜所《よなかばかり》に来れり。童子を佇《ノゾ》キテ見て退く。鬼も亦後夜《ごや》の時に《午前三時から午前五時くらいの間に》来り入る。即ち鬼の頭髪を捉へて別《こと》に《鬼の逃》

元興寺…大和飛鳥地方にあった寺。五八八年に蘇我馬子が創建し、五九六年に完成した法興寺（飛鳥寺）のことで、後に、平城京に移された新元興寺に対して本元興寺と称された。

童子…寺で雑役を勤める少年。

引く《げるのと反対方向に》。鬼は外に引き、童子は内に引く。彼の儲けし《準備していた》四人、慌《ほ》れ迷《まど》ひて《ぼんやりしてしまって》燈の蓋を開くこと得ず。童子、四角別《よすみごと》に鬼を引きて依り《鬼を引きずりながら四隅を順に回り》、燈の蓋を開く。晨朝《じんてう》の時《午前五時から七時くらいの時》に至りて、鬼已に頭髪を引き剥《ハガ》〔レ〕テ《引き剥がされて》逃げたり。明日彼《そ》の鬼の血を尋ねて求め往けば、其の寺の悪しき奴《やつこ》を埋め立てし衢《ちまた》《人通りの多い辻》に至る。即ち知りぬ、彼《そ》の悪しき奴の霊鬼なることを。彼の鬼の頭髪は今に元興寺に収めて財《たから》とす。

然して後に其の童子、優婆塞《うばそく》と作《な》り、猶《なほ》元興寺に住む。其の寺、田を作りて水を引く。諸王等《おほきみたち》妨げて水を入れず、田焼くる時に、優婆塞言はく「吾れ田の水を引かむ」といふ。衆僧聴《ゆる》す。故《かれ》、十余人して荷《モ》ツベキ鋤柄《スキガラ》を作りて持たしむ。優婆塞、彼の鋤柄を持ち、杖に撞《つ》きて《杖としてついて》往き、水門の口に立てて居《す》う。諸王等鋤柄を引き棄《う(す)》て、水門の口を塞《ふさ》ぎて、寺の田に入れず。優婆塞も亦百余人して引く石を取りて、水門を塞ぎ、寺の田に入る。王等優婆塞の力を恐りて終に犯さず。故《かれ》、寺の田渇《か》れずして能く得たり。故、寺の衆僧聴《ゆる》して得度し出家せしめ、名を道場法師と號《なづ》く。後の世の人の伝へて謂はく、

奴…寺院所有の田畑を耕作するなどの労働を行う者。ここでは、刑罰で生きたまま土に埋められたもの。
優婆塞…在俗のままで仏道を修行している男。

得度…在家の者が出家して僧となること。

元興寺の道場法師、強き力多有《あまた》りといふは、是れなり。当に知るべし、誠に先の世に強く能き縁を修めて感じたる力なりと。是れ日本国の奇《めづら》しき事なり。

（岩波書店・日本古典文学大系『日本霊異記』による）

豊原国周『見立名婦六勇撰』「大井子　市川左団次」
（＊強力の説話は各地で語られた。この浮世絵はそのうちの一つ、大井子を描いたもの。）

大力の始祖としての道場法師と鬼退治者《ゴーストバスター》としての道場法師

本話は、片輪の里において雷により授けられた子（雷の申し子）が力の強い子として育ち、元興寺での鬼退治などの活躍により道場法師と名づけられたという話である。片輪の里を舞台とする話としては、『日本霊異記』中巻第四話、第二七話の二つの話に、片輪の里出身の力の強い女の話が載せられている。中巻第四話（類話『今昔物語集』巻二三第十七話）では、狐の子孫の強力である美濃狐という女に道場法師の子孫である強力の女が勝つ話が記される。本話と本話の前話で生まれた異類婚の子孫同士が時代を経て巡りあい、力比べをしている点、興味深い。

また、『日本霊異記』中巻第二七話（類話『今昔物語集』巻二三第十八話）では、道場法師の子孫の女が五百人力であった話が記されている。彼女たちが同説話の中で、いずれも道場法師の子孫であることが明記して語られている点に注目しておきたい。そこからは、片輪の里が、平安時代、道場法師の子孫が住む地として認識されていたことがうかがえる。そのことは、道場法師を始祖と仰ぐ在地の伝承および信仰が片輪の里にあったことを示すものであろう。

その一方、本話では、道場法師が退治した鬼の頭髪が今も元興寺にあるとしており、元興寺の場を焦点化している。鬼の頭髪のことは、平安初期の漢学者、都良香の「道場法師伝」（『本朝文粋』）にも載る。また、『扶桑略記』治安三年（一〇二三）十月条に、元興寺を訪れた藤原道長がこれを見ようとしたが、寺側が多忙ですぐには選び出せないとして、見ることがかなわず、道長はこの時、代わりに、巨大な蔓のごときもの「比和子の陰毛」を見せられたと伝えている。元興寺が「鬼の頭髪」というモノを媒介にしながら、道場法師の鬼退治の場としての神聖性を喧伝していたことをうかがわせる逸話であろう。雷の申し子譚である道場法師の話は、片輪の里においては始祖譚として伝承され、元興寺においては、寺の宝物と寺域の聖性を語る由来譚として機能したのである。

　道場法師によって退治された鬼は後に「元興寺《がごぜ》」という妖怪として名を馳せる。柳田国男は『妖怪談義』の中で、妖怪一般を指す「がごぜ」の語の起源は道場法師の話と関連しないことを述べているが、起源はさておき、鳥山石燕『画図百鬼夜行』には「元興寺」と題された元興寺の妖怪が描かれており、道場法師の鬼退治の話がその〈場〉と結びついて、江戸時代後期に伝承され、妖怪の一つとして受容されていたことを示している。

「元興寺《がごぜ》」（鳥山石燕『画図百鬼夜行』）

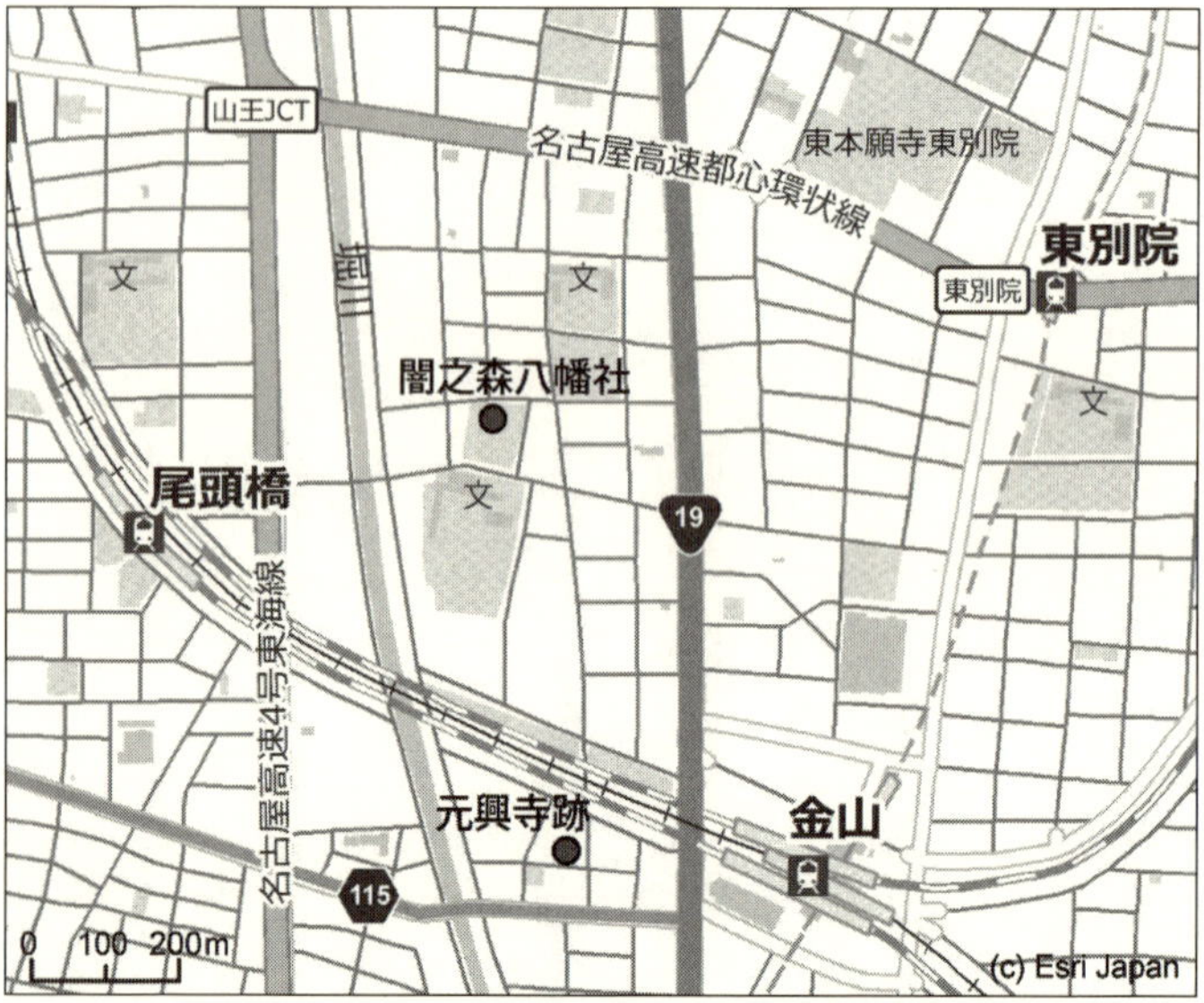

元興寺跡

元興寺は室町時代に中川区に移転しており、現在、こちらは、跡となる。地元では、奈良の元興寺から戻った道場法師がこの地に寺を建立したと伝えている。ここからは、奈良時代以降の瓦と共に寺院の塔最上部の銅製の水煙の一部や陶器類が出土している。

闇之森《くらがりのもり》八幡社

元興寺跡から数分のところにある。江戸時代の書『尾張志』では、創建を源為朝としており、本殿の西に為朝使用の武具を埋めたといわれる為朝塚（「鎧塚」）を見ることができる。享保十八年（一七三三）にここで起きた心中未遂事件は浄瑠璃「睦月連理椿《むつまじきれんりのたまつばき》」として上演された。

交通：元興寺跡は地下鉄名城線金山駅徒歩10分。

元興寺跡

闇之森八幡社

為朝塚

【本文を読みたい人に】

中田祝夫 全訳注『日本霊異記上〜下』（講談社学術文庫、一九七八〜一九八〇年）

【もっと詳しく知りたい人に】

寺川眞知夫『日本国現報善悪霊異記の研究』（和泉書院、一九九六年）

阿部泰郎「元興寺」『岩波講座日本文学と仏教第7巻 霊地』（岩波書店、一九九五年）

柳田國男『妖怪談義』（講談社学術文庫、一九七七年）

第四講

八橋

『伊勢物語』

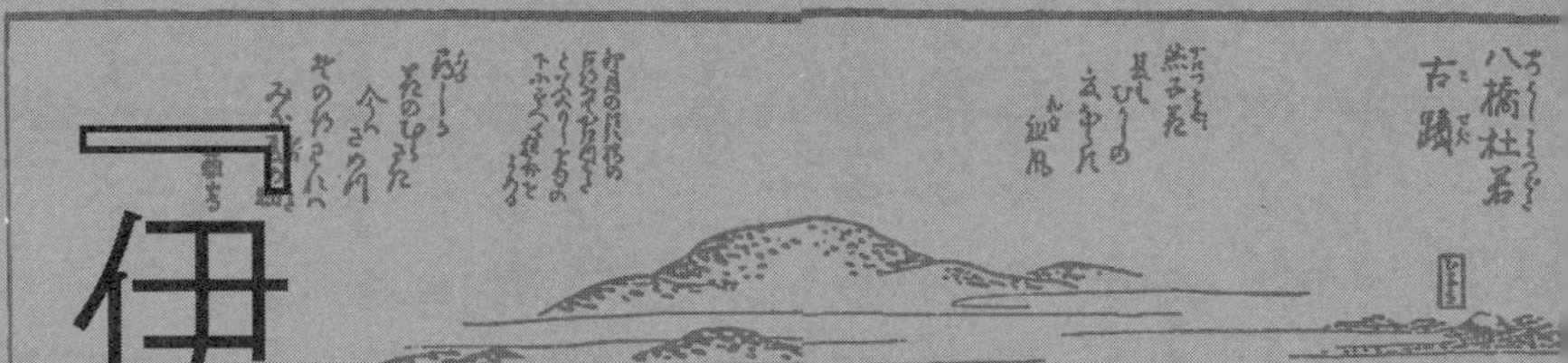

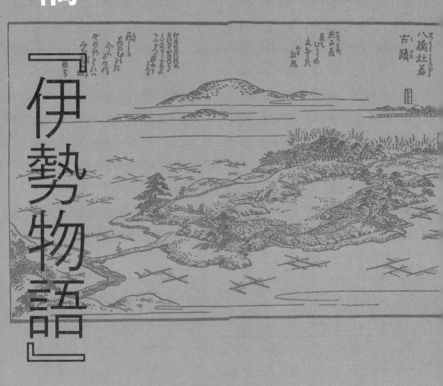

『東海道名所図会』巻三「八橋杜若古蹟」

◆八橋《ヤツハシ》◆　知立市

八橋の名の由来は、『伊勢物語』に「水行く川のくもでなれば、橋を八つわたせるによりてなむ、八橋といひける」と語られている。「くもで」に流れる川とそこにかかる「八橋」、そして、『伊勢物語』で「男」たちがこの地で見た「かきつばた」を起点として、八橋のイメージは展開していった。

三河国の歌枕で、「恋せんとなれるみかはのやつ橋のくもでに物をおもふ比かな」（『古今和歌六帖』くに・一二五九）や「やつはしのくもでにものをおもふかなそではなみだのふちとなしつつ」（『曾禰好忠集』四二三）など、「くもで」と合わせて詠まれることが多い。「みかは」を詠み込み、「三河」と「見」「身」などとの掛詞として用いることもあった。

「たび人をたえずみかはのやつはしのくもでへだつるかきつばたかな」（『拾玉集』杜若・一〇二〇）、「やつ橋のくもでになびくかきつばたむかしの花のなごりとぞみる」（『土御門院御集』杜若・二七）など、八橋の「かきつばた」を詠むようになるのは中世以降である。

八橋を舞台とする謡曲『杜若』では、諸国一見の僧のもとに杜若の精が現れ、八橋が「杜若の名所」「名に負ふ花の名所」であることを語り聞かせている。『伊勢物語』を下敷きとするこの作品が、八橋が花の名所としてのイメージを強化していく過程で果たした役割は大きいだろう。

また、軍記物語では、源師仲配流の地（『平治物語』）となるほか、平重衡の鎌倉下向（『平家物語』）、源義経の元服・奥州下向（『義経記』）の途上に、不破の関、鳴海の干潟、浜名の橋などとともに、王朝文学の表現を踏まえつつ、八橋の名が登場している。

『伊勢物語』第九段

作品概説

平安時代の歌物語。「昔男」を主人公に据えた一二五の章段によって成る。現行諸本は、成人を迎える初冠から辞世の句を詠んで死を迎えるまでの「昔男」の一代記を、章段間のゆるやかなつながりによって描き出す配列となっている。在原業平の詠歌が多く採られ、「在五が物語」「在五中将の日記」とも呼ばれた。

場面概説

「あづまの方にすむべき国もとめに」と出立した男の旅路を、三河、駿河、武蔵、下総と辿っていく。七段「京にありわびてあづまにいきける」、八段「京やすみ憂かりけむ、あづまの方にゆきて、すみ所もとむとて」でも描かれてきた東下りの旅はここで終わり、この後、武蔵や陸奥を舞台にした章段が展開する。

むかし、男ありけり。その男、身をえうなきもの《必要のないもの、つまらないもの》に思ひなして、京にはあらじ、あづまの方にすむべき国もとめにとてゆきけり。もとより友とする人、ひとりふたりしていきけり。道しれる人もなくて、まどひいきけり。三河の国八橋といふ所にいたりぬ。そこを八橋といひけるは、水ゆく河のくもでな《水の流れが四方八方に広がって》れば《蜘蛛の巣のようなので、》、橋を八つわたせるによりてなむ、八橋といひける。その沢のほとりの木のかげにおりゐて、かれいひ《乾飯》食ひけり。その沢にかきつばたいとおもしろ

くもで…蜘蛛の巣。あるいは、蜘蛛の手足。

かきつばた…アヤメ科の植物。水辺、湿地に群生し、五月頃に咲く。

く咲きたり。それを見て、ある人のいはく、「かきつばた、といふ五文字《いつもじ》を句のかみにすゑて、旅の心をよめ」といひければ、よめる。

　から衣きつつなれにしつましあればはるばるきぬるたびをしぞ思ふ

とよめりければ、みな人、かれいひの上に涙おとしてほとびにけり。

乾飯の上に涙を落として(乾飯は水に漬すまでもなく)ふやけてしまった

ゆきゆきて駿河の国にいたりぬ。宇津の山にいたりて、わが入らむとする道はいと暗う細きに、蔦《つた》かへでは茂り、もの心細く、すずろなるめを見ることと思ふに、修行者《すぎやうざ》あひたり。「かかる道は、いかでかいまする」といふを見れば、見し人なり。京に、その人の御もとにとて、文かきてつく。

思いがけない状況に遭う

あの方の御ところにと手紙を書いて託す

　駿河なるうつの山辺のうつつにも夢にも人にあはぬなりけり

富士の山を見れば、五月のつごもりに、雪いと白うふれり。

陰暦五月の下旬

　時しらぬ山は富士の嶺いつとてか鹿子まだらに雪のふるらむ

季節を知らない山

今がいつ(どんな季節)だと思って

その山は、ここにたとへば、比叡の山を二十ばかり重ねあげたらむほどして、なりは塩尻のやうになむありける。

京のもので例えるならば

比叡山を二十ほど積み上げたくらいの高さで

形は円錐状に盛った「塩尻」のようであった

五文字を句のかみにすゑて…各句の頭にかきつはたの五文字を配す折句のこと。

から衣〜…折句に加え、縁語のから衣、着、萎れ、褄、張る、掛詞の萎れ・馴れ、褄・妻、張る・はるばる等、さまざまな技巧が凝らされている。

宇津の山…駿河国の歌枕。「うつつ」「夢」などを詠まれることが多い。

駿河なる〜…初句および第二句「駿河なるうつの山辺の」は、第三句「うつつ」にかかる序詞。類歌に「するがなるうつのを山のうつつにも夢にもみぬに人のこひしき」(『古今和歌六帖』山・八三八)、「するがなるうつの山べのうつつにもゆめにもひとをみでややみな

なほゆきゆきて、武蔵の国と下つ総の国とのなかにいと大きなる河あり。それをすみだ河といふ。その河のほとりにむれゐて、思ひやれば、かぎりなく遠くも来にけるかな、とわびあへるに、渡守《わたしもり》、「はや船に乗れ、日も暮れぬ」といふに、乗りて渡らむとするに、みな人ものわびしくて、京に思ふ人なきにしもあらず。さるをりしも、白き鳥の、はし《嘴》とあしと赤き、鴫の大きさなる、水の上に遊びつつ魚《いを》を食ふ。京には見えぬ鳥なれば、みな人見しらず。渡守に問ひければ、「これなむ都鳥」といふを聞きて、

名にしおはば《その名に「都」と持っているならば》いざ言問はむみやこどりわが思ふ人はありやなしやと

とよめりければ、船こぞりて泣きにけり。

（小学館・新編日本古典文学全集『竹取物語　伊勢物語　大和物語　平中物語』による）

む」（『忠岑集』五二）あり。

塩尻…海浜に砂山を作り、海水をそそいで乾かすことを繰り返し、塩を作った。

すみだ河…武蔵国の歌枕。「野山蘆荻の中をわくるよりほかのことなくて、武蔵と相模との中にゐて、あすだ川といふ、在五中将の「いざこと問はむ」と詠みける渡りなり。中将の集にはすみだ川とあり。舟にて渡りぬれば、相模の国になりぬ。」（『更級日記』）

都鳥…水鳥。作中の描写・特徴から、ユリカモメと目される。

中世・近世紀行文の中の八橋

菅原孝標女が「八橋は名のみして、橋のかたもなく、なにの見どころもなし」（『更級日記』）、後深草院二条が「八橋といふ所に着きたれども、水行く川もなし。橋も見えぬ」（『とはずがたり』）と嘆いたように、平安後期から中世にかけて、和歌に詠み込まれる「くもで」の流れとそれを象徴する「八橋」は、もはや失われていたようである。「一両ノ橋ヲ名《なつ》ケテ八橋ト云《いふ》」（『海道記』）、「橋もたゞ一つぞ見ゆる」（『うたたね』）、「蜘蛛手とは昔はいかにかありけむ、今はただ二つの橋なり」（『春の深山路』）といった記述にも見られるように、そこにある橋は、もはや本来の意味において「八橋」とは言いがたいものであった。

こうした中、いにしえを偲ぶよすがとして改めて注目されたのが、かきつばたであった。しかし、「かきつばた多かる所と聞きしかども、あたりの草も皆枯れたる頃なればにや、それかと見ゆる草木もなし」（『うたたね』）、「杜若も今はなし。何をか句の頭に置きて、歌も詠むべき」（『春の深山路』）という文章は、転じた視線の先にかきつばたを見出しえなかったことを伝える。『東関紀行』では、「在原業平、杜若の歌よみたりけるに、みな人乾飯の上に涙おとしける所よと、思ひ出でられて、そのあたりを見れども、かの草とおぼしきものはなくて稲のみぞ多く見ゆる」と記した上で「花ゆゑに落ちし涙の形見とや稲葉の露を残しおくらむ」と詠み、八橋の

地が抱える風景の記憶と眼前の実景を「涙」と「露」で結んで二重写しにし、現実では失われたかきつばたの花をイメージの中に見出している。

中世末期、連歌師・里村紹巴の『紹巴富士見道記』に興味深い記述が残されている。「八橋の杜若断絶遺恨」の嘆きを伝え聞いた代官が、かきつばたを植え置くよう「郷人の古老の名主」に下知したという。イメージの中の八橋をことばによって創出するのではなく、現実の中に再現していこうとする営みをここに見ることができる。それは、「諸国の旅人根を引て行故、跡も無由と云々。実もと思へるは、橋柱さへ削りとれると見えてあり」という状況と表裏のものだろう。花や橋を前にして、和歌を詠み、発句を吟じるのではなく、その花を抜き、橋を削って記念に持ち帰る人々の時代を迎えたのである。

近世に入り、林羅山は「久敷田《しく》となりて、杜若なし」（『丙辰紀行』）と記し、浅井了意は「杜若ハ薪となりて、絶はて。沢ハ又すかれて、田と成にけり。わづかにその名バかり、橋杭少し残りたり」（『東海道名所記』）と描いた。近世になって東海道の主要ルートから外れたためだろう。『伊勢物語』の逐語的なパロディ作品『仁勢物語』では、当該箇所の舞台が岡崎に変更されている。

近世中後期、「名所旧跡」としての「八橋」再構築の場となったのが無量寺（現無量寿寺）であった。『東海道名所図会』（寛政九年（一七八三）刊）は、無量寺に「業平碑銘」が移され、また、「堂後」に「杜若」があり、「八橋古杭」を「什物」として抱えていることを伝え、杜若姫伝説など業平に関わる略縁起を「詳ならず」としながらも紹介している。そして、無量寺の「名所」化に決定的な役割を果たしたのが、無住となっていた無量寺を再建し、名園を作り上げた八橋売茶方巌である。無量寺の杜若池庭園は、現在も「八橋かきつばた園」として多くの人の目を楽しませている。

かきつばたと和歌

初夏の花であるかきつばたは、古来より和歌に詠まれてきた植物である。

『万葉集』にかきつばたを詠んだ和歌は七首あり、そのうち「我《あれ》のみやかく恋《こひ》すらむかきつはたにつらふ妹はいかにかあるらむ」（巻十・夏相聞・一九八六）、「かきつはたにつらふ君をゆくりなく思ひ出でつつ嘆きつるかも」（巻十一・正述心緒・二五二一）では、女性の美しさを和歌の中で形象化する事物としてかきつばたが詠まれている。美しく咲くかきつばたの姿に思う女性を想起し、「いかにあるらむ」「ゆくりなく思ひ出でつつ嘆きつるかも」と会えぬ現在を思い嘆くという発想は、東下りの歌意のベースとなっていると考えられる。

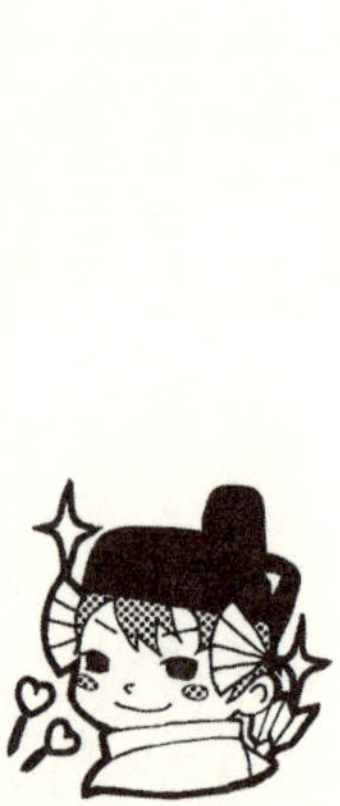

また、これらの和歌二首において、「かきつはた」は「につらふ妹（丹頬合妹）」「につらふ君（丹頬経君）」の語の枕詞的に機能している。かきつばたは、その美しい色が賞美の対象となるものであったため、「丹つらふ」という語と結びついたのだろう。

かきつばたの名は、衣に摺り付けて色をつける花の性質から「掻付花」「書付花」が転じてついたものか、ともいわれる。「住吉の浅沢小野のかきつはた衣に摺り付け着む日知らずも」（巻七・譬喩歌・一三六一）、「かきつはた衣《きぬ》に摺り付けますらをの着《き》襲《そ》ひ狩《かり》する月は来にけり」（巻十七・三九二一・大伴家持）の和歌からは、衣を摺り染めする染料として古来親しまれてきた植物であることがうかがえる。東下りの段で詠まれた和歌の初句「から衣」は、かきつばたが衣と関わりの深い植物であることから詠み出されたものだろう。

『古今和歌六帖』では、「かきつばた」題として、『万葉集』五首の同歌・類歌、東下りの業平歌のほか、四首を収載する。このうち、「いひそめしむかしの人のかきつばた色ばかりこそかたみなりけれ」（かきつばた・三七九九）は、「かきつばた」の縁語として「そめ」と「かたみ」を詠み込む、かきつばたを女性の喩とする、花の色を賞美する、など『万葉集』と同様の発想で詠まれている。それに対して、「君がやどわがやどわけるかきつばた」「むつまじくかこひへだてぬかきつばた」「君がこえこんかきつばた」など「かき（垣）」の音から「かこひ」「へだて」などを連想していく藤原興風と紀貫之の贈答歌三首（三八〇二〜三八〇四）の発想は、『万葉集』収載歌には見られなかったものである。

かきつばたは仮名表記を基本とし、万葉仮名では「垣幡」「垣津幡」「垣津旗」「加吉都播多」（『万葉集』）、「加木豆波太」（『和名類聚抄』）などと表記された。のちに「杜若」「燕子花」の漢字表記が用いられるようになったが、本来、漢語の「杜若」「燕子花」が指す植物は、いずれもかきつばたではない。これをかきつばたと同定して日本では用いるようになったのである。

また、俳諧の世界では、山崎宗鑑をかきつばたになぞらえて揶揄った逸話として「宗鑑がすがたを見ればがきつばた」（芭蕉書簡・猿雖宛元禄元年（一六八八）四月二五日付ほか）の発句が見られる。「餓鬼つばた」とは、かきつばたの花が「顔佳花《かおよばな》」の異名も持つ美しい女性の喩であることを踏まえた上で、剣状の細い葉で生える草のさまを痩せ枯れた人の姿と捉え直すところに面白さを見出した掛詞的表現である。

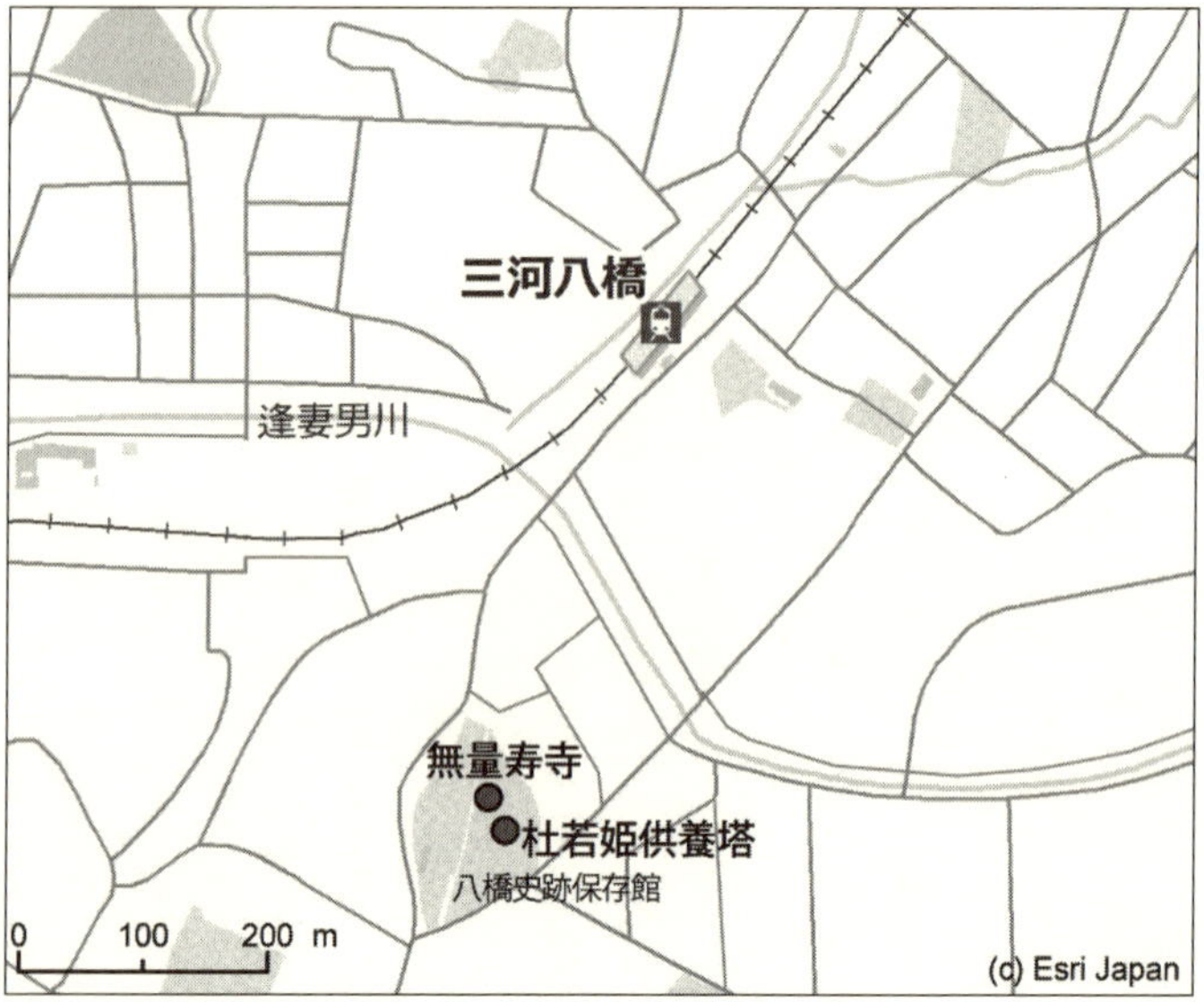

無量寿寺

一八〇五年、売茶方厳によって整備された杜若池庭園では、毎年五月にカキツバタ祭りが行われている。寺には、業平に見立てた業平竹もある。

杜若姫供養塔

東下りした業平を追ったものの再会が叶わず、悲しみのあまり入水したとされる杜若姫の供養塔。杜若姫伝説は、略縁起などに伝えられる。

交通：名鉄三河線三河八橋駅徒歩5分。

業平竹

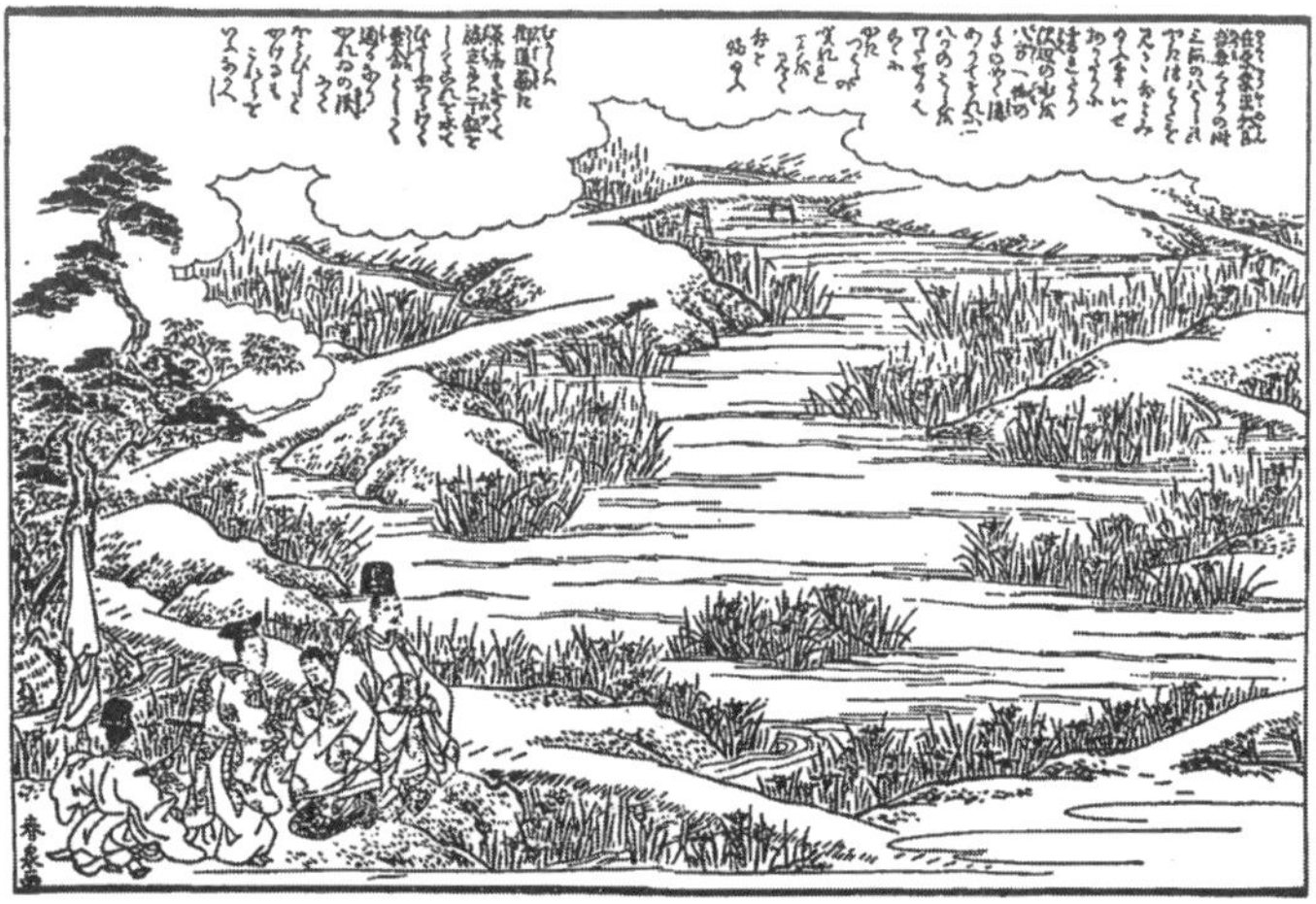

『東海道名所図会』巻三「八橋」

無量寿寺のかきつばた

【本文を読みたい人に】

片桐洋一・福田貞助・高橋正治・清水好子 校注・訳『竹取物語 伊勢物語 大和物語 平中物語』(小学館・新編日本古典文学全集、一九九四年)

【もっと詳しく知りたい人に】

妹尾好信『昔男の青春―初段~十六段の読み方』(新典社新書、二〇〇九年)

久曽神昇「歌枕「八橋」考」(『愛知大学綜合郷土研究所紀要』七、一九六一年)

長谷章久「三河八橋考(上)・(下)」(『国文学』六-八・十一、一九六一年六月・八月)

島津忠夫「歌枕から名所へ―三河八橋の場合」(『日本文学説林』和泉書院、一九八六年)

末松憲子「はじめに歌枕あり―八橋売茶方厳の三河八橋再興」(『遊楽と信仰の文化学』森話社、二〇一〇年)

第五講

国府『古今著聞集』

歌川国貞『六歌仙容彩』「小野小町・文屋康秀」

◆国府《コウ》◆　豊川市国府町周辺

古代律令制において、令制国ごとに設置された地方行政の中心地をいう。各国府は、六〜八町（約六五〇〜九〇〇メートル程度）四方の区画に、国司が政務を執る国庁とその他の官衙、国司居館、正倉、国学、雑舎、国分寺・国分尼寺などを配する構造を基本とするが、必ずしも一様ではないという。三河国の国庁、国分寺・国分尼寺の遺構については、近年の発掘調査により、おおよそ明らかにされている。三河国は東海道の「上国」（『延喜式』）で、令制以前の矢作川流域を中心とする三河国造と豊川流域を中心とする東部の穂国造の二領域を統合したものを言う。国府の所在は中央と地域拠点を結ぶ駅路に沿うのが原則で、三河国の場合、三駅（鳥捕駅、山綱駅、渡津駅）のうち、渡津駅から近いところに置かれた。渡津駅は「津」の名を持つことからわかるように水運と関係が深く、陸路のための駅馬だけでなく、歌枕「しかすがの渡り」で知られる豊川渡河のための船も置かれた水陸兼送の駅である。また、三河湾の入江から上陸する御津を外港として持つ国府は、海上交通にも利便の地である。『古今和歌集』九三八番歌で、三河掾となった文屋康秀に誘われた小町が「誘う水」に漂う「うき草」を詠んだのは、三河国とその国府が持つ「水」のイメージが背景にあったのかもしれない。

堀河百首に「引馬野」を詠んだ藤原仲実は、その数年前に三河守として任国にあった。「しかすがのわたり」（『後拾遺和歌集』羈旅・五一七）を詠んだ能因法師は、友人である源為善の三河守赴任に随伴し、下向していた（同五一四番歌詞書）。竹島弁財天勧請で知られる藤原俊成もまた、三河守として数年を過ごしている。いにしえの国府での日々が偲ばれる。

『古今著聞集』第一八二話「小野小町が壮衰の事」

作品概説
一二五四年成立の説話集。橘成季編。全二〇巻。勅撰和歌集に準じた巻数で構成され、類纂的な性格を有する。序文では、散逸『宇治大納言物語』や『江談抄』といった王朝時代の説話集、談話録を引き継ぐもの（「宇縣亜相巧語之遺類、江家都督清談之余波也」）と文学史上に位置づけている。

場面概説
『玉造小町子壮衰書』を典拠として示しながら、若き日の「おごり」から係累を失って零落・流浪する末路までを語る。後半の展開には、『古今和歌集』雑下・九三八番歌およびその詞書「文屋康秀、三河掾になりて、「県見にはえいでたたじや」と言ひやれりける返事によめる」を取り込んでいる。

小野小町がわかくて色を好みし時、もてなしありさまたぐひなかりけり。
ふるまいも容姿も並ぶもののない優れたものだった

「壮衰記」といふ物には、三皇五帝の妃も、漢王・周公の妻もいまだこのおごりをなさずと書きたり。かかれば、衣には錦繍《きんしう》のたぐひを重ね、食《じき》には海陸の珍をととのへ、身には蘭麝《らんじや》を薫じ、口には和歌を詠じて、よろづの男をばいやしくのみ思くたし、女御・后に心をかけたりしほどに、十七にて母をうしなひ、十九にて父におくれ、二十一にて兄にわかれ、二十三にて弟を先
取るに足らないものとばかり思って見下し

小野小町…六歌仙・三十六歌仙。絶世の美女として伝説・逸話の多い人物だが、出自など不明な点が多い。
壮衰記…『玉造小町子壮衰書』。平安後期から末期成立か。
三皇五帝…中国神話・伝説上の王。
漢王…漢の高祖。劉邦。

立てしかば、単孤無頼《たんこぶらい》《身寄りなく頼るもののない独り身》のひとり人になりて、たのむかたなかりき。いみじかりつるさかえ日ごとにおとろへ、花やかなりし貌《かたち》としどし《年々》にすたれつつ、心をかけたるたぐひも疎くのみなりしかば、家は破れて《壊れて》月ばかりむなしくすみ、庭はあれて《荒れて》蓬のみいたづらにしげし。かくまでになりにければ、文屋康秀が三河の掾にて下りけるに誘はれて、

　侘びぬれば身をうきくさのねをたえてさそふ水あらばいなんとぞ思ふ

とよみて、次第におちぶれ行くほどに、はてには野山にぞさそらひける。人間の有様、これにて知るべし。

（新潮日本古典集成『古今著聞集　上』による）

周公…周公旦。
錦繡…金銀の糸で模様を織り出したり、刺繡を施したりした織物。美しく華麗な衣服・織物の意。
蘭麝…蘭草と麝香の香り。
蓬…蓬などの雑草が生い茂り、荒れたさまを「蓬生」という。
文屋康秀…六歌仙・三十六歌仙。
三河の掾…三河国司の三等官。
侘びぬれば〜…『古今和歌集』雑下・九三八。詞書「文屋康秀、三河掾になりて、「県見にはえいでたたじや」と言ひやれりける返事によめる」。
うき…憂き・浮きの掛詞。

（参考）『古今和歌集』仮名序（抄出）

近き世にその名聞えたる人は、すなはち、僧正遍照は、歌のさまは得たれども、まことすくなし。たとへば、絵にかける女《をうな》を見て、いたづらに心を動かすがごとし。

あさみどり糸よりかけて白露を玉にもぬける春の柳か

蓮葉《はちすば》の濁りに染まぬ心もて何かは露を玉とあざむく

嵯峨野にて馬より落ちて詠める

名にめでて折れるばかりぞ女郎花我おちにきと人にかたるな

在原業平は、その心余りて、詞たらず。しぼめる花の色なくて匂ひ残れるがごとし。

月やあらぬ春や昔の春ならぬわが身ひとつはもとの身にして

大方は月をもめでじこれぞこの積れば人の老となるもの

寝ぬる夜の夢をはかなみまどろめばいやはかなにもなりまさるかな

文屋康秀は、詞はたくみにて、そのさま身におはず。いはば、商人《あきひと》のよき衣着たらむがごとし。

吹くからに野辺の草木のしをるればむべ山風を嵐といふらむ

深草の帝の御国忌《みこき》に

草深き霞の谷に影かくし照る日のくれし今日にやはあらぬ

宇治山の僧喜撰は、詞かすかにして、始め終りたしかならず。いはば、秋の月を見るに暁の雲にあへるがごとし。

わが庵は都の辰巳しかぞ住む世をうぢ山と人はいふなり

よめる歌多く聞えねば、かれこれをかよはして、よく知らず。

小野小町は、古の衣通姫《そとほりひめ》の流《りう》なり。あはれなるやうにて、つよからず。いはば、よき女のなやめるところあるに似たり。つよからぬは女の歌なればなるべし。

思ひつつ寝ればや人の見えつらむ夢と知りせば覚めざらましを

色見えで移ろふものは世の中の人の心の花にぞ有りける

わびぬれば身をうき草の根を絶えて誘ふ水あらばいなむとぞ思ふ

衣通姫の歌

わが背子が来べき宵なりささがにの蜘蛛のふるまひかねてしるしも

大友黒主は、そのさまいやし。いはば、薪負へる山人の花の蔭に休めるがごとし。

思ひいでて恋しきときは初雁のなきて渡ると人は知らずや

鏡山いざ立ち寄りて見てゆかむ年経ぬる身は老いやしぬると

このほかの人々、その名聞ゆる、野辺に生ふる葛の這ひひろごり、林に繁き木の葉のごとくに多かれど、歌とのみ思ひて、そのさま知らぬなるべし。

（小学館・新編日本古典文学全集『古今和歌集』による）

（参考）『玉造小町子壮衰書』（抄出）

吾は是れ倡家《しょうか》の子、良室《りょうしつ》の女《むすめ》なり。壮《さか》んなりし時に驕慢《きょうまん》最も甚しかりき、衰へたる日には愁歎《しゅうたん》猶深し。齢《よわい》未だ二八《じはつ》の員《かず》に及ばざるに、名殆《ほとほと》三千の列を兼ねたり。華帳《かちょう》の裏《うち》に寵せ被《ら》れて、外戸《がいこ》を歩まず。珠簾《しゅれん》の内に愛せ被《ら》れて、傍門《ぼうもん》を行《あり》くこと無かりき。朝《あした》には鸞鏡《らんけい》に向ひて、蛾眉《がび》を点じて容貌を好み、暮《くれ》には鳳釵《ほうさい》を取りて、蝉翼《せんよく》を画《えが》きて艶色《えんそく》を理《つくろ》ふ。而《しか》も面《おもて》には白粉を絶たず、顔には丹朱《たんしゅ》を断つこと無し。桃顔《とうがん》露に咲《え》みて、柳髪《りゅうはつ》風に梳《けず》る。腕《たぶさ》肥えて玉の釧《たまき》狭く、膚膏《はだえあぶらつ》きて錦の服窄《きものすぼそ》し。暐曄《いよう》なる面子《めんし》は、芙蓉の暁の浪に浮べるかと疑ふ。婀娜《あだ》なる腰支《ようし》は、楊柳の春の嵐に乱るるかと誤つ。楊貴妃の花の眼《まなこ》をも奈《なん》ともせず、李夫人の蓮《はちす》の睫《まなぶた》をも屑《もののかず》ともせず。衣《きもの》は蝉翼《せんよく》に非ざれば被《き》ず、食《くいもの》は蠁牙《しょうが》に非ざれば飡《くら》はず。（略）三皇五帝の妃《きさき》も、未だ此の憍《おごり》を成さず。漢主《かんしゅ》周公の妻《め》も、未だ其の侈《おごり》を致さず。栄《さかえ》身に剰《あま》り、賞品《よろこびしな》に過ぎたり。是を以て鶯囀《さえず》る三春《さんしゅん》の始に、早く雪梅を幌帳《こうちょう》の下《もと》に翫《もてあそ》ぶ。鹿鳴《かせぎ》く九秋《きゅうしゅう》の終には、晩《おそ》く露菊《ろぎく》を簾簷《れんえん》の中《うち》に賞《おもしろ》ふす。花の時を待ちては玉の筆を秉《と》りて、紅桜紫藤《こうおうしとう》の和歌を詠じ、月の夜を迎へては金絃《きんげん》を操《あやつ》りて、鶴琴竜笛《かくきんりゅうてき》の妙曲《びょうきょく》を調《しら》ぶ。口に鳳凰《ほうおう》の管《かん》を吹けば、梁塵《りょうじん》廻《めぐ》りて声斜《ななめ》なり。手に鸚鵡《おうむ》の觴《さかつき》を把《と》れば、漢月《かんげつ》落ちて影静《かげしずか》なり。是を以て、君臣の子孫は、婚姻を日夜《にちや》に争ひ、富貴の主客《しゅかく》は、伉儷《こうれい》を時辰《じしん》に競《きお》ふ。然れども耶嬢《やじょう》許さず、兄弟諾《けいていうべな》ふこと无《な》し。唯王宮の妃に献ぜむといふ議《はかりごと》のみ有りて、専《もは》ら凡家《はんか》の妻《め》に与ふるの語《かたらい》无し。而る間、十七才《しゅうしっせい》にして悲母《ひも》も喪《うしな》ひ、十九歳《しゅうきゅうせい》にして慈父《じふ》を殞《ほろぼ》す。廿一にして兄《このかみ》を亡《うしな》ひ、廿三にして弟を死《ころ》せり。（略）家屋《かおく》自《おのづか》ら壊《やぶ》れて、風霜《ふうそう》暗《そら》に堕つ。門戸《もんこ》既に荒れて、草木悉く塞《ふさが》る。

（岩波文庫による）

文屋康秀・小野小町親密説話

『古今著聞集』の小町説話において典拠として用いられる『玉造小町子壮衰書』と小野小町の関係については、十二世紀の歌学書、説話集、注釈書が言及しているが、藤原清輔『袋草紙』、顕昭『古今集序注』では、「玉造小町」と小野小町は「他人」「別人」ではないか、と疑義を呈している。

　これを小野小町の説話として伝えたのは『宝物集』「小野小町がおひをとろへて、貧窮になりたりしありさま、弘法大師の玉造といふ文にかき給へるこそ、あはれにかなしく侍るめれ」（巻二）で、『玉造小町子壮衰書』を核にした小町説話は、説話文学の世界で継承されてきたものといえるだろう。『古今著聞集』一八二話は、後見を失って零落した女が「猟師」に嫁ぎ、生活苦でさらに衰えていく、という『玉造小町子壮衰書』の内容を、『古今和歌集』九三七番歌を念頭に置いた文屋康秀との関係に置き換えた上で、同歌が持つ漂泊のイメージを取り込み、流浪する小町説話として発展させたものである。

　盛りを過ぎた小野小町が文屋康秀の誘いを受けて下向する、という説話が享受された後世の一例として、曲亭馬琴『近世説美少年録』第十五回（一八三一年刊）の阿夏・无四郎の陸奥下向が挙げられる。「二代の名妓」であった阿夏は、かつて恋した陶瀬十郎（興房）との再会を目指して旅する中で、辛苦を味わい、零落していく。そして、瀬十郎の訃報を聞いた阿夏は、年来の懸想を告げる瀬十郎の友・

辛踏无四郎（寧成）の陸奥下向に誘われて了承する。无四郎の主君・日野西中納言兼顕は、これを聞いて「むかし文屋康秀が、三河掾にて赴く折、小野小町が色衰て、ありけるを誘引《いざなふ》て、倶してゆかんといひけるを、小町は推辞《いなむ》こともなく、「わびぬれば身をうき草の根をたえてさそふ水あればいなんとぞ思ふ」とよみて、従ひにきと物に見えたり。康秀と寧成と、文字は異なれ訓《となへ》は似たり。夏は小町の後身《さいらい》歟。いと〳〵奇なり」と評すのである。

ここで注意されるのは、文屋康秀・小野小町の三河下向説話を下敷きとしつつ、二人が向かう地として陸奥が設定されていることである。

陸奥は、小町説話に関わりの深い地である。『江家次第』を端緒とする「あなめ説話」は、在原業平が陸奥国に下向して「小野小町尸」を探したところ、「秋風之吹仁付天毛阿那目阿那目《アキカゼノフクニツケテモアナメアナメ》」の声が夜間聞こえ、翌朝、野ざらしの髑髏の目に「野蕨」が生えているのを見て、涙ながらに「小野止波不成薄生計《ヲノトハナラズススキヲヒ》里《ケリ》」と詠んだ、と伝える。この「あなめ説話」の成立には、『日本霊異記』髑髏報恩譚（下二七）や『伊勢物語』一一五段の影響が推定されている。「陸奥の国」を舞台とする一一五段は、『古今和歌集』墨滅歌の小町詠を章段化したものである。『伊勢物語』には、このほかにも「色好みなる女」が登場する二五段をはじめ、複数の章段に小町の和歌が取り込まれており、古注釈において、小野小町と在原業平の恋人関係を比定する理解は一般的なものであった。瀬十郎、无四郎、阿夏の関係には、小町説話のなかの業平、康秀、小町のイメージが複層的に投影されているのだろう。

歌川国芳『初春寿曽我六立目』「六歌仙」

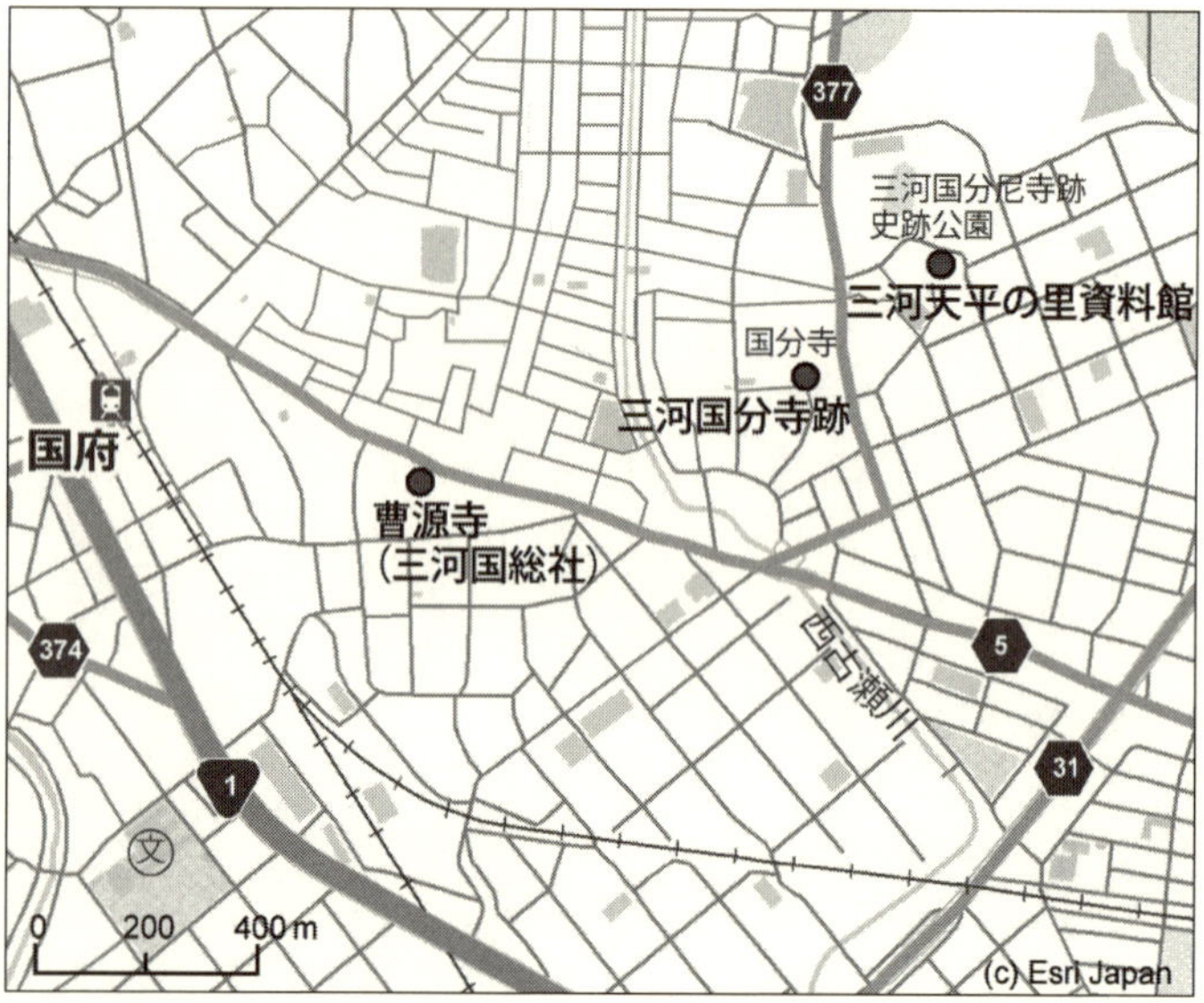

三河国総社

中央から地方に派遣された国司は赴任すると、最初に参拝するのが総社。国内の各神社を一つに祀っている。境内からは奈良時代の古瓦が発見されている。総社の東側、曹源寺境内には三河国府の正殿があったことが判明している。

三河国分寺跡

国分寺の跡。かつての伽藍の礎石などが残る。現在の国分寺本堂右手にある無名の梵鐘は、三河国分寺創建当時のもの。

三河天平の里資料館

三河国分尼寺跡史跡公園に併設された施設。国府推定域の発掘調査関連資料や出土品が展示される。また、史跡公園では、国分尼寺の中門、廻廊が実物大で復元されている。

交通：名鉄名古屋本線国府駅徒歩10分。
史跡公園・資料館は徒歩25分。

三河国総社（国府跡付近）

三河国分寺塔跡

【本文を読みたい人に】

西尾光一・小林保治 校注『古今著聞集 上・下』（新潮社・新潮日本古典集成、一九八三年）

徳田武 訳注『近世説美少年録①〜③』（小学館・新編日本古典文学全集、一九九九〜二〇〇一年）

【もっと詳しく知りたい人に】

『国文学解釈と鑑賞（特集 小野小町と和泉式部―才女をめぐる実像・虚像）』六〇－八（至文堂、一九九五年八月）

片桐洋一『小野小町追跡―「小町集」による小町説話の研究』（笠間書院、一九七五年初版・一九九三年改版）

田中喜美春『小町時雨』（風間書房、一九八四年）

第六講

犬頭神社（三河）『今昔物語集』

『三河国名所図会』「犬頭糸の故事」

◆犬頭神社《ケントウジンジャ》◆

犬頭神社は、現在、豊川市千両《ちぎり》町の犬頭神社、岡崎市宮地町の糟目犬頭神社があり、他に、現岡崎市大和町の旧桑子村社の桑子神社もかつて犬頭神社と呼ばれていた。このように、犬頭神社と称される神社は三河地方に幾つか存在していた。豊川市の犬頭神社は、『今昔物語集』の話を当社の由来として説明板に記している。古い鳥居をくぐるとご神木である大きい桑の木がある。右奥に見えるのは、回り舞台のある芝居小屋で、昭和三(一九二八)年に建てられたものである。かつては歌舞伎の興行や、地元の人々による歌舞伎の公演が行われていた。養蚕業の盛んな地の信仰が昭和初期まで脈々と受け継がれていたことを思わせる。現在は、ひっそりとその往時の面影を残している。『和漢三才図会』には、碧海郡上和田森崎に犬頭明神の社があると記しているが、これが現在の糟目犬頭神社である。明治以降に「糟目」の名が付されたとされる。かつて犬頭神社と称されていたという桑子神社のある場所は、中世には、鎌倉街道の往来が激しい土地であり、矢作西宿も形成され、市などもたった賑やかな場所であった。現在、犬頭神社は、白鳥神社に合祀されている。

さて、このように、三河には幾つかの犬頭神社という名の神社があった。そもそも、犬頭糸とは、伊勢神宮の御衣祭に着用の神服を織る三河の赤引糸のことであった(『神宮雑例集』)。ここから、三河の絹糸生産のいくつかの中心地が犬頭の名を冠した神社を建て、守護神としたことが推測される。犬から紡がれた絹糸の話は、神の衣を織る糸を紡ぐ者達のアイデンティティーの拠り所として各神社で語り継がれていったものであろう。

『今昔物語集』巻二六第十一話「参河国始犬頭糸語《イヌノカシラノイトヲハジメタルコト》第十一」

作品概説

院政期（平安末から鎌倉初期）成立の仏教説話集。編者未詳。全三一巻（巻八、巻十八、巻二一は欠巻）。天竺（インド）・震旦（中国）・本朝（日本）の三国それぞれを仏法から世俗の配列で構成し、類似したモチーフの話を二話一括りで並べる二話一類様式をとっている。価値観が変化していく転換期、平安京の武士の登場を驚きの目で描いており、みえぬモノも含め、世界を包括的に位置付けようとした説話集。

場面概説

『今昔物語集』巻二六は、「宿報」の巻であり、不思議なめぐり合わせによる幸と不幸が描かれている。十一話から十六話は高価なものを手に入れるモチーフでつながっている話群である。前話は妹兄島の由来譚であり、本話とは起源説明譚という要素で連関している。

今昔、参河国、□郡ニ一人郡司有ケリ。妻《メ》ヲ二人持テ、其ニ蚕養《コガヒ》ヲセサセテ、糸多ク儲《マウケ》ケル《作り出した》。

而ルニ、本ノ妻ノ蚕養、何ナル事ノ有ケルニカ、蚕皆死テ、養得《かひうる》事無リケレバ、夫モ冷《スサマジ》カリテ、不寄付成《ヨリツカズナリ》ニケリ。然レバ、従者共モ、主不行成《アルジユカズナリ》ニケレバ、皆不行成ニケレバ、家モ貧ク成テ、人モ無ク成ヌ。然レバ、妻只一

参河国…現在の愛知県の三河地方。

□郡…後での明記を期した意識的欠字。

人居タルニ、従者僅《わずか》二人許ナム有ケル。妻、心細ク悲キ事無限。

其家ニ養ケル蚕ハ、皆死ケレバ、養蚕《カフコ》絶テ不養ケルニ、蚕一ツ桑ノ葉ニ付テ咋《くひ》ケルヲ見付テ、此ヲ取テ養ケルニ、此蚕只大キニ成レバ、桑ノ葉ヲ揮入《ツミイレ》《摘み入れて》テ見レバ、只咋失《クヒウシナ》フ《ただただ食べ終わってしまう》。

此ヲ見ニ、哀ニ思ヘケレバ、掻撫ツ、《かわいがりかわいがり》養《カ》フニ「此ヲ養立テモ何ガハセム」《此一匹を育てあげたところで》ト思ヘドモ、年来《トシゴロ》養付《カヒツキ》タル事ノ《買い慣れた事だが》、此三四年ハ、絶テ不養ケルニ、此ク不思《オモハヌ》ニ養立《カヒタテ》タルガ哀ニ思ケレバ《うれしく思われたので》、撫《ナデ》養《カ》フ程ニ、其家ニ白キ犬ヲ飼ケルガ、前ノ尾ヲ打振テ居リケルニ、其前ニテ、此蚕ヲ物ノ蓋《フタ》ニ入テ、桑咋《クフ》ヲ見居程ニ《見ていると》、此犬立走テ寄来テ、此蚕ヲ食ツ。奇異《アサマシク》、妬《ネタ》ク思ユレドモ《驚くと共にいまいましく》、此蚕ヲ一食タラムニ依、犬ヲ可打殺《ウチコロスベキ》ニ非ズ。

然テ、犬、蚕ヲ食テ呑入テ、向ヒ居タレバ、「蚕一ツヲダニ不養得《カヒエデ》、宿世《前世の因縁》也ケリ」ト思フニ、哀ニ悲クテ、犬ニ向テ泣居タル程ニ、此犬、鼻ヲヒタルニ、鼻ノ二ツノ穴ヨリ、白キ糸二筋一寸許ニテ指出タリ。


蚕一ツヲダニ不養得…蚕一匹さえ満足に育てることができないとはの意。

此ヲ見ニ怪クテ、其糸ヲ取テ引バ、二筋乍《ナガ》ラ、絡《クル》々ト長ク出来レバ、籰《ワク》ニ巻付ク。其籰《ソノワク》ニ多ク巻取ツレバ、亦異籰巻ニ《コトワクニ》、亦□ヌレバ、亦異籰《コトワク》ヲ取出テ巻取ル。如此シテ二三百ノ籰《ワク》ニ巻取ニ尽モセネバ、竹ノ棹渡シテ渡ノ絡懸《クリカク》《その竹の棹に繰りかけた》。尚、其ニモ尽セネバ、桶共ニ巻ク。四五千両許巻取テ後、糸ノ畢被絡出《ハテクリイダサレ》ヌレバ、犬倒テ死ヌ。

其時ニ妻、「此ハ仏神ノ、犬ニ成テ助ケ給フ也ケリ」ト思テ、屋ノ後ニ有畠ノ桑ノ木ノ生タル本ニ、犬ヲバ埋ツ。

然テ、此糸ヲバ細メ可遣方無《ヤルベキカタナク》シテ、繚《アツカ》フ程ニ《処理しきれずにもてあましていると》、夫ノ郡司、物へ行トテ《所用で外へ行く時に》、其門ノ前ヲ渡ケレバ、家ノ極テ□気ニテ、人気色モナケレバ《人の様子もないので》、□ニ哀ト思テ、「此ニ有シ人、何ニシテ有ラム」ト、糸惜ク《かわいそうに》思ケレバ、馬ヨリ下テ、家ニ入タルニ、人モナシ。只妻一人、多ノ糸ヲ繚居《アツカヒキ》タリ。

此ヲ見ニ、我家ニ蚕《カヒ》ヲ養富テ絡懸《クリカク》ル糸ハ、黒シ、節《フシ》有テ弊《ア》シ。此糸ハ、雪ノ如ク白シテ光有テ微妙《素晴らしい》キ事無限、此世ニ類ヒナシ。郡司、此ヲ見テ、大キ

籰《ワク》…木製の糸巻き機。中心に軸があって、回転しながら糸を巻き取る。

渡ノ…このままでは意味がとれない。誤写か。

細メ可遣方無シテ…細く精製しようがなくて。糸があまりにも大量なので持て余したのである。

此ニ有シ人…本妻をさす。

節有テ弊シ…節があって粗悪だ。糸がなめらかでなく、所々にこぶがあったことをいう。

ニ驚テ、「此ハ何ナル事ゾ」ト問ヘバ、妻、事ノ有様ヲ不隠語ル。郡司、此ヲ聞テ思ハク、「仏神助ケ給ケル人ヲ吾愚《おろそかに》ニ思ケル事」ヲ悔、ヤガテ留テ、今ノ妻ノ許ヘモ不行シテ棲ケリ。

其犬埋《ウヅミ》シ桑ノ木ニ、蚕弾無《ヒマナク》《隙間なく》蠒《マユ》ヲ造テ有。然レバ、亦其ヲ取テ、糸ニ引ニ、微妙キ事無限。郡司、此糸ノ出来ケル事ヲ国ノ司《ツカサ》□ト云フ人ニ語テ出シタリケレバ、国ノ司、公ニ此由ヲ申シ上テ、其ヨリ後、犬頭ト云糸ヲバ彼国ヨリ奉ル也ケリ。

其郡司ガ孫ナム伝ヘテ、今其糸奉ル竃戸《カマド》《家元》ニテハ有ナル。此糸ヲバ蔵人所ニ被納テ、天皇ノ御服ニハ被織也ケリ。天皇ノ御服ノ料《材料》ニ出来タリトナム人語リ伝ヘタル。

亦今ノ妻ノ、本ノ妻ノ蚕ヲバ構テ《計略をめぐらして》殺《コロシ》タルト語ル人モ有、慥《タシカ》ニ知ズ。此ヲ思フニ、前生ノ報ニ依コソハ、夫妻ノ間モ返合ヒ《元に戻り》、糸モ出来ケムト語リ伝ヘタルトヤ。

（岩波書店・日本古典文学大系『今昔物語集　五』による）

弾無…「弾」は「隙」の誤りか。隙間なくびっしりの意。

彼国ヨリ奉ル…『延喜式』主計上、夏調糸に「参河二千絢犬頭糸」とある。

蔵人所…「内蔵寮《くらづかさ》」でありたいところ。天皇の装束の調進に関わるのはこちらである。

（参考）『三河国名所図会』「犬頭明神」

東海路より左本坂道亦左に在千両村に坐祭神。

例祭九月十九日神主大井氏当一村の産土神とす。棟札に千両大明神犬頭宮とあり。

当社は、当郡兎渡《うどんと》庄千草郷下千両村に在て、犬頭大明神と称す。鰐口の銘に天文年中云々。三河国宝飯郡千両郷信次とあり。

こは、近き年比、羽田村常木八郎兵衛氏の屋敷にて掘出せし由。その所は、池田輝政君、吉田城主の時の組屋敷の跡なりとぞ。敬雄、此社に参詣して其村人に問ふ。古老の古伝に古往或浪人体の人来りて、此村を開発せし時、其人犬を連来れり。然るに、其犬、金を糞す。其金、毎年千両つゝ有しゆへ、村名を千両《ちぎり》と号す。

さて其犬死して埋たる処に社を建て犬頭大明神と号す。又、此村の出郷に大崎、六角と云る二村あり。大崎は旧は尾崎と書て、彼犬の尾を埋し処、亦、六角は犬頭に六角の角の如きものありける、それを埋られたる処なり。今、近村に足山田村と云るあり。こは、その足を埋たる処と云伝へたりなと物語れり。

余、今昔物語の故事なと語り聞かせつるに、村中にて其事知る人曽てあらずと云り。扨、社内に大木有て朽果たり。其木を如何なる木ぞと問に、朽て年歴を経し事故、知人なしとぞ。蓋桑木にてはあらざりしかと神明帳集説に見へたり。

（愛知県郷土資料刊行会『参河国名所図会　上巻』による）

養蚕の始祖伝説としての犬と蚕の話

本話は、曲亭馬琴が『燕石雑志』の中で、「花咲翁」と同様、犬が恩に報いた話として採り上げている。そこでは、本話の犬の鼻の穴から糸を生じたという部分を、「花咲翁」では犬が躓いた後を掘って金銀を得た話にしたのだろうと述べている。引用されることの少ない本話であるが、馬琴がこの話を犬の報恩譚として読んでいたことは興味深い。

『今昔物語集』所収の本話を素直に読む限り、犬の報恩譚として前世の因縁を語った物語と読めるが、養蚕の地である三河国において犬頭明神と称される神が祀られていたことを考えると、本話はもともと、養蚕の始祖伝説として創成された話ではなかったかと思われる。

佐々木喜善が東北地方の民話を集めた昭和六年（一九三一）刊『聴耳草紙』（三元社）には、馬と結婚して天に飛んだ娘が両親の夢に現れ、臼の中の蚕虫を桑の葉で飼うことを教え、絹糸を産ませ、それが養蚕の由来になった話を載せている。これは、おしらさまという養蚕の神の由来話とも考えられている。また、遡れば、平安時代には、中国の書物『捜神記』一四所収「太古蚕馬記」（他にも、『法苑珠林』六三園菓篇七二、『神女伝』蚕女の条に所収）にも馬と蚕の話は記され、日本に伝わっていた。このように、養蚕業の神話が中国や東北地方では馬と蚕の話として生成していたことを勘案すれば、三河の犬頭神社においても犬と蚕の話が神話化されて犬

頭明神の話として語られていたとしても不思議はないように思われる。

本話では、犬と人は結婚しないものの、犬の報恩の裏側には、馬と女の婚姻と同様、犬と女との婚姻のモチーフの痕跡をを見てとるべきなのかもしれない。犬と人の婚姻譚は、中国では犬祖神話として報告されている。日本においては、『今昔物語集』巻三一第十五話に北山で犬の妻として暮らす美しい女に出会った京の若い男の話や『唐物語』最終話に山に入った女が犬と懇ろになる話があり、同話は、後に『横笛草子』のような御伽草子の中で、やむにやまれぬ禁忌の恋の例として語られるようになった。日本では、犬を始祖とする一族の話はあまり受容されることはなかった。犬と女の婚姻は、多くは子孫を生み出さない禁忌の恋愛譚として受容されたのである。しかしながら、そうした話が流布する背景には、人と交わる地方の犬の神の存在があったはずである。その一つが犬頭明神ではなかったろうか。

『看聞御記』(一四三四)三月二四日条には、「粉河観音絵巻」、「書写上人絵巻」に並び、宝蔵絵の一つとして「犬頭糸絵巻」が挙げられている。「犬頭糸絵」の絵巻物は残っていないが、他の絵巻物から聖地の由来を語った絵巻物の一つとして認識されていたことが推測される。現在、類話を有さない本話は、室町時代には由緒正しい聖地を語る絵巻物として確かに存在していたのである。

糟目犬頭神社

犬頭神社

境内には、桑のご神木があり、昭和三年（一九二八）に建てられた芝居小屋が残る。神社の宝物として、「才の神」の峠付近で発見された三河地方最古の銅鐸（弥生時代中期後半）を所蔵している。

交通：名鉄名古屋本線豊川駅より車で21分。千両《ちぎり》の交差点を左折してしばらくいった佐奈川沿いにある。（地図参照）

糟目犬頭神社

『和漢三才図会』に「犬頭明神の社」として載る。神社には、上和田城主を大蛇から救った犬を祀ったという「犬塚」伝説が残されている。

交通：JR東海道本線岡崎駅西口から徒歩15分。

桑子神社（白鳥神社）

かつては「犬頭神社」と称されていた「桑子神社」の地は現在、跡を記す石碑が残されるのみで、御神体は「白鳥神社」に合祀されている。

交通：JR東海道本線西岡崎駅から徒歩6分。

犬頭神社

犬頭神社・芝居小屋

白鳥神社（桑子社合祀）

【本文を読みたい人に】

馬淵和夫・国東文麿・稲垣泰一 校注『今昔物語集③』（小学館・新編日本古典文学全集、二〇〇一年）

【もっと詳しく知りたい人に】

福田晃「犬聟入の伝承」（昔話研究懇話会編『昔話―研究と資料―』四、三弥井書店、一九七五年六月）

第七講

菟足神社『宇治拾遺物語』

『三河名所図会』「菟足神社」

◆菟足神社《ウタリジンジャ》◆　豊川市小坂井町

菟足神社は古代、東国と都を結ぶ要所の一つである柏木の浜に建立された神社である。大宝律令において駅制が定められたが、この辺りの柏木浜には、渡津駅《わたむつ》が置かれた。東国への旅行者はこの駅から舟で対岸（現豊橋市）に渡り、東国を目指した。柏木浜がどこにあったのか不明だが、現在では、小坂井の平井・篠束付近と推定され、そこに碑が建てられている。

奈良時代から平安時代にかけて、渡津駅《わたむつ》は、「志賀須賀渡《しかすがのわたし》」の表現で、歌枕としても用いられていた。歌には、大伴家持「月数《よ》めばいまだ冬なりしかすがに霞たなびく春たちぬとか」（『万葉集』巻二〇・四四九二）、赤染衛門「惜しむともなき物ゆゑにしかすがの渡と聞けばただならぬかな」（『拾遺集』三一六）、能因法師「思ふ人有となけれど古里はしかすがにこそ恋しかりけれ」（『後拾遺集』五一七）等があり、清少納言の『枕草子』十八段にも、「わたりは、しかすかの渡、みつはしの渡、こりずまの渡」と記され、当時、歌枕を介して有名な渡の一つとして認識されていたことが知られる。しかし、平安時代末には、潮の流れが急であったことなどから豊川上流を渡る鎌倉街道へと人々の往来は移っていったようである。柏木浜は、菟足神社の祭神菟上足尼命《うなかみのすくねのみこと》が上陸した場所という伝説もあり、また、徐福伝説の地でもある。その他、菟足神社には貝塚もあり、縄文時代晩期の土器、弥生土器、古墳時代後期の須恵器などが出土している。菟足神社の建立された地は、海のルートを通じて古来より発展してきた地域であった。

『宇治拾遺物語』五九話「三河入道の遁世世に聞ゆる事」

作品概説

十三世紀頃成立の説話集。編者未詳。序文には、宇治大納言物語の編者源隆国が避暑をしがてら、宇治平等院南泉坊で人々を呼び集めて聞き書きした本を元に本説話集が成立したことが語られるが、序文そのものも一種の虚構とも見え、その真偽は定かではない。全一九七話からなり、日常的な話題から滑稽譚まで幅広く、連想的な配列によって編集されている。

場面概説

本話は、宗教色の薄い『宇治拾遺物語』にしては珍しく仏教的な話である。前話は今にも足を切られようとしていた盗人が人相見に助けられ、道心をおこして法師になり、最後には見事に往生を遂げたとする話である。本話とは、一つの画期的な出来事を契機に道心をおこす点で、連環している。

参川入道、いまだ俗にて有ける折、もとの妻をば去りつゝ、わかくかたちよき女に思つきて、それを妻にて、三川へ率てくだりける程に、その女、久しくわづらひて、よかりけるかたちもおとろへて、うせにけるを、かなしさのあまりに、とかくもせで《葬式の支度も何もしないで》、よるもひるも、かたらひふして、口を吸ひたりけるに、あさましき香の、口より出きたりけるにぞ、うとむ心いできて、なく〳〵葬りてける。

参川入道…大江定基（九六二～一〇三四）。蔵人、図書頭を経て三河守になる。九八六年頃、出家。法名寂照。源信に天台宗、仁海に密教を学び、一〇〇三年渡宋。翌年、真宗皇帝より円通大師の号を与えられた。

三川…三河のこと。

それより、世うき物《いとわしいもの》にこそありけれと、思ひなりけるに、三河の国に風祭といふことをしけるに、いけにへといふことに、猪を生けながらおろしけ《生きたまま料理する》るをみて、此国《の》退きなんと思ふ心つきてけり。雉子を生ながらとらへて、人のいできたりけるを、「いざ、この雉子、生けながらつくりて食はん。いますこし、あぢはひやよきとこゝろみん《味が良いか試してみよう》」といひければ、いかでか心にいらん《どうにか国守に気に入られたい》と思たる郎等の、物もおぼえぬが《と思った下官達で分別のない者が》、「いみじく侍なん。いかでか、あぢはひまさらぬやうはあらん」など、はやしいひける。すこしものの心しりたるものは、あさましきことをもいふなど思ける。かくて前にて、生けながら毛をむしらせければ、しばしは、ふた〳〵とするを、おさへて、たゞむしりにむしりければ、鳥の、目より血の涙をたれて、目をしばたゝきて、これかれに《周囲で眺めている》見あはせける《一人一人に対して》をみて、え堪へずして、立て退くもののありけり。「これがかく鳴事」と、興じわらひて、いとゞなさけなげにむしるものもあり。むしりはてて、おろさせければ、刀にしたがひて《包丁が入れられた後から》、血のつぶ〳〵といできけるを、

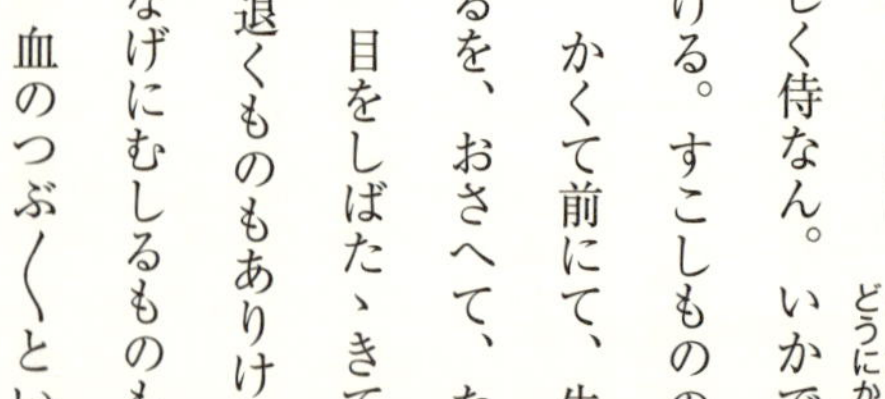

風祭り（祭神由緒地）

のごひ〳〵おろしければ、あさましく堪へがたげなる聲をいだして、死はてければ、おろしはてて、「いりやきなどして心みよ」とて、人々心みさせければ、「ことの外に侍けり。死したるおろして、いりやきしたるには、これはまさりたり」などいひけるを、つく〴〵《(定基は)》と見聞きて、涙をながして、聲をたててをめきけるに、「うましき」といひけるものども、したくたがひにけ《あてがはずれた》り。さて、やがて《(定基は)》その日国府をいでて、京にのぼりて法師になりにける。道心のおこりければ、よく心をかためんとて、かゝる希有《けう》の事をしてみける也。乞食といふ事しけるに、ある家に、食物えもいはずして、庭にたゝみをしきて、物を食はせければ、このたゝみにゐて食はんとしける程に、簾《すだれ》を巻上たりける内に、よき装束きたる女のゐたるを見ければ、我さりにしふるき妻なりけり。「あのかたゐ、かくてあらんを見んとおもひし《このようにおちぶれるのを見たい》ぞ」といひて、見あはせたりけるを、はづかしとも、苦しとも思ひたるけしきもなくて、「あな貴と」といひて、物よくうち食ひて、かへりにけり。有がたき心なりかし。

乞食…出家僧が人家で食物を乞う事。修行の一つ。
かたゐ…物もらい。定基を卑しめて言った言葉。

風祭り（浜下神事）

道心をかたくおこしてければ、さる事にあひたるも、くるしとも思はざりけるなり。

（岩波書店・日本古典文学大系『宇治拾遺物語』による）

（参考）『今鏡』「むかしがたり第九　まことの道」

その三河の聖も、博士におはして、大江の氏の上達部の子におはしけるが、三河の守になりて、国へ下り給へりけるに、類なくおぼえける女具しておはしけるに、女みまかりにければ、悲しみのあまりに、取り捨つる事もせで、なりまかりけるさまを見て、心を起して、やがて頭剃《おろ》して、都に上りて、物など乞ひ歩きけるに、もとの妻にてありける女、「我を捨てたりし報ひに、かかれとこそは思ひしに、かく見なしたる事」など申しければ、「御徳に仏になりなむ事」とて、手をすりて喜び給ひけるとぞ、伝へ語り侍る。

（パルトス社・『今鏡全釈』による）

三河国の風祭り

定基の遁世譚は、『今昔物語集』巻十九第二話にも載っている。『今昔物語集』では、その後、定基が出家して寂昭と名を改め、中国で活躍し、それにより、中国の皇帝が彼に帰依し、円通という大師号をもらうこととなった話を付しており、国際的に活躍した定基の姿を「三国思想」という観点から語っている。しかしながら、芥川龍之介が心惹かれたのは、三河の地の逸話の方の表現である。

「……女の美麗也し形も衰へ持行く。定基此れを見るに、悲の心譬へむ方無。而るに女遂に病重く成て死ぬ。其後定基悲び心に不レ堪して、久しく葬送する事無くして、抱て臥たりけるに、日来を経るに口を吸けるに、女の口よりき臭き香の出来たりけるに、疎む心出来て泣々く葬してけり。……亦雉を生け乍ら捕へて人の持来れるを、守の云く、「去来《いざ》此の鳥を生乍ら造て食はむ。……」物も不レ思えぬ郎等共、此れを聞て云く、「極《いみじ》く侍りなむ。……」と勧めければ、……而るに雉を生乍ら持来て揃《むしり》にするに、暫くはふたふたと爲るを引かへて、只揃《むしり》に揃れば、鳥目より血の涙を垂れて目をしば叩きて、彼れ此れが貌を見るを見て、不レ堪して立去く者も有けり。鳥此く泣くよと咲《わら》て、情無気に揃る者も有けり。揃り畢てつれば下せけるに、刀に随て、血つふつふと出来けるを、刀を打巾《うちのご》ひ々々々下しければ、奇異《あやし》く難レ堪気なる音を出して死畢にければ……」

芥川は、それを「切迫した息苦しさに迫られるばか

りである」と言い、さらに、次のような事を述べている。「『今昔物語』は前にも書いたやうに野性の美しさに充ち満ちてゐる。其又美しさに輝いた世界は宮廷の中にばかりある訣ではない。従つて又此世界に出没する人物は上は一天萬乗の君から下は土民だの盗人だの乞食だのに及んでゐる。いや、必しもそればかりではない。観世音菩薩や大天狗や妖怪変化にも及んでゐる。若し又紅毛人の言葉を借りるとすれば、之こそ王朝時代の Human Comedy（人間喜劇）であらう。僕は『今昔物語』をひろげる度に当時の人々の泣き聲や笑ひ聲の立昇るのを感じた。のみならず彼等の軽蔑や憎悪の（例へば武士に対する公卿の軽蔑の）それ等の聲の中に交つてゐるのを感じた。」

　大江定基が出家するきっかけとなった三河国の風祭は、現在も菟足神社で行われている。現在は、イノシシではなく、雀を射て神に捧げる儀式へと変じているが、海から神を迎え、動物供犠を行う点では古来からの神事を受け継ぐ祭りといえる。古代国家の確立に伴って神道祭祀が整えられた時に排斥されたであろう、在来の生命力を賦与する血の祭祀が今でも形式的ながら残されていることは、特筆すべきことであろう。

　ここには、「こだが橋」という話も伝えられている。この橋を最初に渡った女性を菟足神社の人身御供にしていたが、あるとき、贄狩りの奉仕をする人の娘が一番に橋を渡ってきたため、自分の娘を人身御供にさしだすこととなり、「子だが」仕方がないと捕らえたということで、この橋の名がついたという。

　中央政権の視点からすれば、こうした形態の供犠を求める神は、猿神退治の話（『今昔物語集』巻二六第七話）にみられるように、正当な神とは異なるものとして退治される対象であった。この説話においてもまた、地方の祭祀が定基という中央の貴族の視点によって、野蛮で残酷なものとして描かれる。

芥川が感じとった当時の人々の声は、そうした定基が捉えた在地の人々の声であり、この声は、この二つの感覚の齟齬、狭間の中から生まれた声であったろう。

莵足神社

莵足神社

定基の愛妾力寿

定基の愛妾の名として『源平盛衰記』慶長古活字版巻四五には、「力寿」という名が載っている。

「矢作宿をも打過ぎて宮路山をも越えぬれば、赤坂宿と聞えけり。三河入道大江定基が此の宿の遊君力寿といふに別れて、真の道に入ることもあらまほしくや思召しけん。」

また、一四〇七年成立の『三国伝記』巻十一第二四話には、赤坂の遊女力寿の名が見えており、『宇治拾遺物語』の京から新妻を連れていった記述とは異なる書き方がなされている。

現在、豊川市財賀町の文珠山のふもとには力寿の碑が残っている。安永五（一七七六）年に財賀寺の住職が建立したものとされる。碑には、力寿が赤坂村の長福氏の娘で、美しく歌舞に優れ、定基に愛されていたが、病で亡くなったこと、定基が悲しみの余り、七日間の間埋葬しなかったが、文殊のお告げによって、力寿の舌を切り、力寿山舌根寺を建立したことが記されている。定基の発心説話が在地において成長し、伝承されたことがうかがわれる。

定基の話は、他に、『沙石集』四三話（巻五末ノ二）、『十訓抄』十ノ四八にも載る。定基の愛妾が亡くなった後、さらに道心を堅固にした鏡のエピソードを載せる。鏡に付された妻からのメッセージが愛執を断ち切るきっかけとなったという話である。

定基の話は、発心の話として、平安時代から鎌倉時代にかけて好まれたようであるが、室町時代から

近世初期になると、浄瑠璃姫の話型に似た、遊女力寿を中心とした悲恋話として受けとめられていくことになった。『三河国名所図会』「僧力寿姫の霊に逢ふ」の項には、『三河雀』巻四を引用して、旅の僧が夕暮れ時、地獄に堕ちた力寿の亡魂に会い、「大江定基に見初められ後はわりなきあいさつ」と自らの身の上を語る力寿の姿が描かれる。そこには、力寿の為に、文殊の像を安置し力寿山舌根寺と号し、菩提をとぶらったという舌根寺の由来が記される。

『三河国名所図会』
「旅僧力寿之霊ニ逢フ図」

『三河国名所図会』
「定基朝臣力寿姫と舩山遊宴の図」

これは、夢幻能の様式で力寿を主役にした新たな悲恋の伝承が生みだされたことをものがたっている。

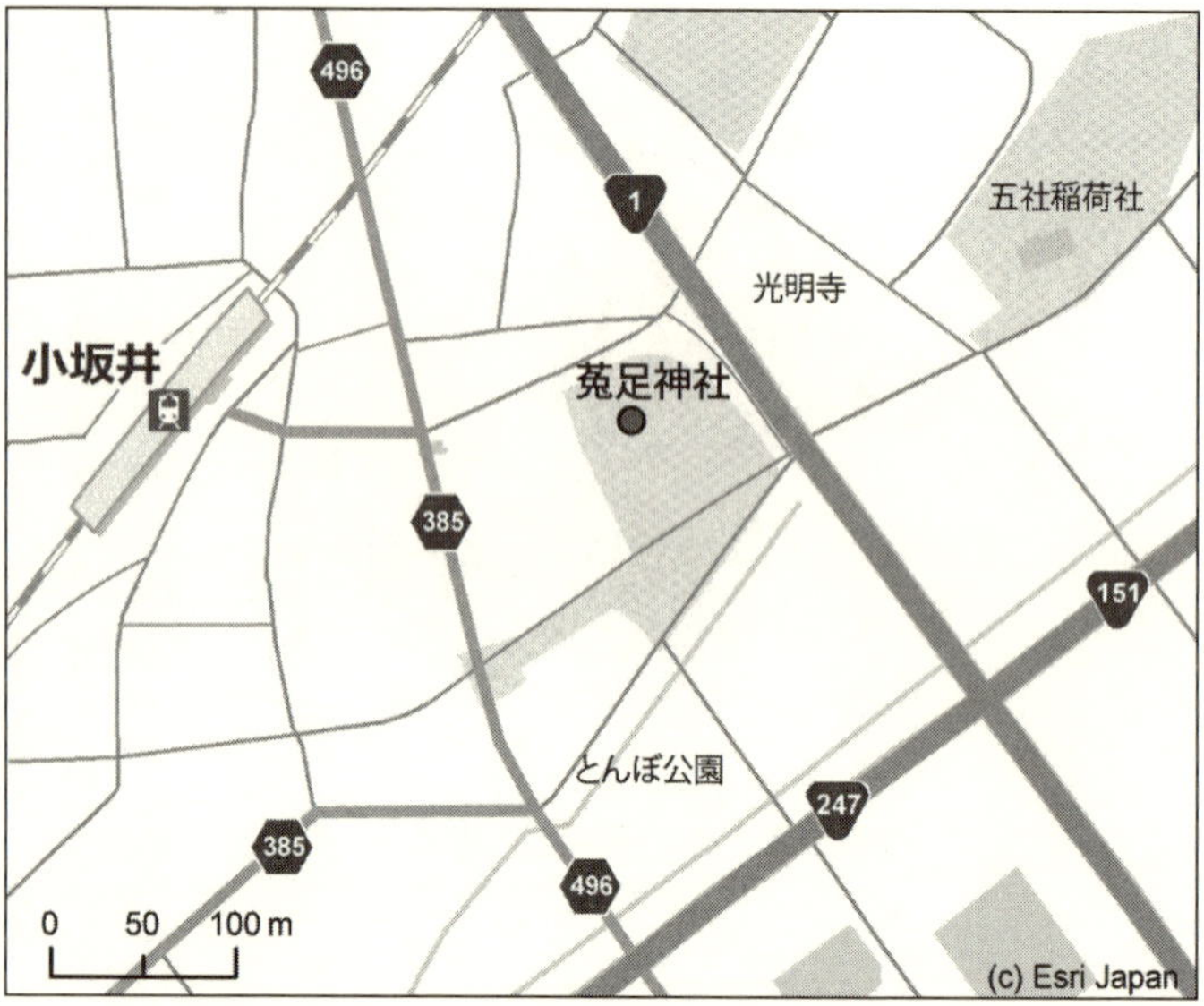

菟足神社

三河国の風祭は、現在も宝飯郡小坂井町の兎足神社で四月第二土・日曜日に行われている。

交通：JR飯田線小坂井駅6分（地図参照）。

三明寺

大江定基が力寿の面影を刻んだと伝えられる弁財天が残る。「三州豊川弁財天縁起」にその旨が載せられている。

交通：名鉄豊川線豊川稲荷駅徒歩12分。（第六講の地図参照）

力寿の碑・財賀寺

豊川市財賀町の文殊山のふもとに力寿の碑がある。舌根寺の跡。

交通：名鉄名古屋本線伊奈駅から車で32分。（第六講の地図参照）

三明寺

財賀寺

力寿の碑

【本文を読みたい人に】

馬淵和夫・国東文麿・稲垣泰一 校注・訳『今昔物語集(2)』(小学館・日本古典文学全集、一九七二年)

小林保治・増古和子 校注・訳『宇治拾遺物語』(小学館・日本古典文学全集、一九七三年)

【もっと詳しく知りたい人に】

池上洵一『今昔物語集の世界』(以文社、一九九九年)

久曽神昇 編『三河文献集成・近世篇上』(国書刊行会、一九五五年)

廣田收『『宇治拾遺物語』の中の昔話』(新典社新書、二〇〇九年)

第八講

野間『平治物語』

『尾張名所図会』巻六「大御堂寺」

◆野間《ノマ》◆　愛知県美浜町野間

野間は知多半島中央のやや南に位置し、伊勢湾に面する。平治の乱に敗れた源義朝が、ここ野間において内海庄の庄司長田忠致の返忠（裏切り）により誅せられた話は、『平治物語』を始め、『愚管抄』等に見え、広く流布していた。

『吾妻鏡』文治二年（一一八六）閏七月二二日条には「故左典厩(義朝)、壙墓㆓尾張国野間庄㆒、無㆑人㆓于奉㆑訪㆓没後㆒、只荊棘之所㆑掩也、而此康頼任中赴㆓其国㆒時、寄㆓附水田卅町㆒、建㆓小堂㆒、令㆔六口僧修㆓不断念仏㆒云々」とあり、荒廃していた源義朝の墓を平康頼が手厚く供養したこと、また、建久元年（一一九〇）十月二五日条には「以㆓尾張国御家人須細治部大夫為基㆒、為㆓案内者㆒、到㆓于当国野間庄㆒、拝㆓故左典厩廟堂㆒〈平治有㆑事奉㆑葬㆓于此所㆒云々〉給」とあり、源頼朝が父義朝の墓を訪れたことが記されている。

現在、野間には大御堂寺（通称野間大坊）という真言宗寺院があり、「義朝最期図」を所蔵し、それを用いた絵解きが行われている。境内の義朝供養塔には、義朝が最期に「木太刀一つあらば」と言ったという伝承を由来として木刀奉納がなされ、義朝の首を洗ったとする血池がある等、様々な伝承が残り、義朝に縁深い場所として知られる。また、賤ヶ岳の戦いの後、岐阜城で豊臣秀吉に敗れた織田信孝が自害した場所でもある。

『平治物語』中「金王丸尾張より馳せ上り、義朝の最後を語る事」

作品概説

軍記物語。作者、成立年未詳。平治の乱（一一五九年）を題材とし、藤原信頼と源義朝の挙兵から敗北までを描く。古くは『保元物語』・『平家物語』・『承久記』と合わせて「四部合戦状（書）」と称されることもあり、特に『保元』・『平家』とは、成立において影響関係にある。多くの諸本を有し、その本文は流動的である。

場面概説

敗北した義朝は金王丸を遣わし、妻子（常葉と三人の子）に身を隠して迎えを待つように伝える。義朝を案じる常葉や子らを宥めて、金王丸は義朝の元に戻る。再び常葉を訪ねた金王丸が語ったのは義朝の最期であった。

同五日（平治二年（一一六〇）正月五日）、左馬頭義朝が童金王丸《わらはこんわうまる》、常葉《ときわ》が許《もと》に忍びて来り。馬よりくづれ落、しばしは息たえて物もいわず（気を失って何も言わない）。ほどへて（しばらくして）おきあがり、「頭殿《かうのとの》（義朝殿）は、過ぬる三日の暁、尾張国野間《のま》の内海《うつみ》と申所にて、重代の御家人長田《をさだ》四郎忠宗が手にかゝりて、うたれさせ給ひ候ぬ（討たれてしまわれました）」と申せば、常葉をはじめ、家中にあるほどの者共、声〴〵に泣かなしみける。まことになげくも理《ことはり》也。枕をならべ、袖をかさねし名残（夫婦の縁）なれば、身ひとつなり共（自分一人だけ残されたのは）、かなしかるべし。いかにいわん

過ぬる三日の暁…後に見られる義朝が討たれた日（十二月二九日）と齟齬が見られる。

長田四郎忠宗…鎌田正清の舅。

や、はかなげなる子共三人あり。兄は八、中は六、末の子は二歳也。三人ながら男子なれば、「とり出されて、又、うき目をやみんずらむ」と泣き、思ひあるを悲しむ心、たとへん方ぞなかりける。金王丸、路次《ろし》の事をぞ、語申ける。

「[略]不破《ふわ》の関、固《(敵が)》て候と聞えし程に、ふかき山にかゝりて、しらぬ道をわけまよはせ給ふ。雪ふかくて御馬をばすて、木に取付、萱《かや》にすがり、嶮岨《けんそ》《けわしい道を》をこえさせ給ふに、兵衛佐殿、御馬にてこそ大人と同やうにおはししか、歩にてかなはせ給はず、御さがり候ぬ《後れていらっしゃる》。頭殿、深雪の中にやすらはせ給ひて、「兵衛佐〳〵」と仰られ候ひしか共、御いらへ《御返事》もなかりしかば、「あな、むざんやな。早、さがりにけり。人にや生捕られやすらん」と、御泪《なみだ》をはら〳〵とおとさせ給ひ候し時、人〻、袖をこそしぼり候しか。

　鎌倉の御曹子をよび参らせて、「わ君は、甲斐・信濃へ下て、山道《東山道》より責上れ。義朝は東国へ下て、海道よりせめのぼらんずるぞ」と、仰られしかば、

はかなげなる子共三人…義朝の末の方の子供。上から今若（後の阿野全成）、乙若（後に円成、義円と称する）、牛若である。牛若は後の源義経。

路次の事…義朝の敗走の道中のこと。

兵衛佐殿…義朝の三男、源頼朝。

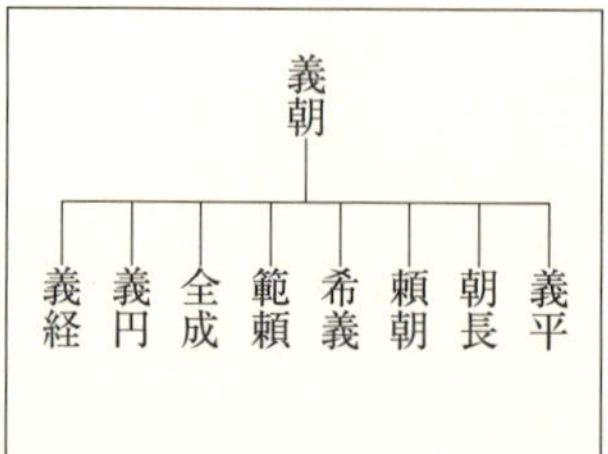

悪源太殿は飛弾の国のかたへとて、只御一所、山の根《山の麓》に付ておちさせ給ひ候ぬ。

美濃国青墓《あふはか》の宿と申所に、大炊《おほい》と申遊君《ゆうくん》は、頭殿の年来《としごろ》の御宿の主也、其腹に姫御前一人まします、此屋へつかせ給ひぬ。鎌田兵衛も、今様《いまやう》うたひの延寿がもとへつき候ぬ。此遊女共、さま〴〵にもてなしまいらせ候し最中に、在地の者共、「此宿に落人あり。さがしとれ」と、ひしめき候しに《大勢で押しかけてきたところ》、頭殿、「いかゞはせん《どうしたものか》」と仰られ候ひしを、佐渡式部大夫重成《しげなり》殿、「御命にかはりまいらせん《(義朝様の)お命の替りを致しましょう》」とて、頭殿の錦の御直垂をとッてめし、馬にひたと《しっかりと》のらせ給ひて、宿より北の山ぎはへ馳せのぼり給ひしほどに、宿の人、追懸奉りしほどに、式部大夫殿、金作《こがねづくり》の太刀をぬいて、きやつばらを追つぱらひ、「をのれらが手には《お前達の手に》、かゝるまじきぞ《かかる訳にはいかない》。われをば誰とか思ふ、源氏の大将、左馬頭義朝」となのり、御自害候ぬ。宿人等、「左馬頭義朝、うちとゞめたり」と悦て、大炊が後苑《こうえん》の倉屋《くらや》に、頭殿、かくれてましますをば知らず。

鎌倉の御曹子…義朝の長男、源義平。通称、鎌倉悪源太。頼朝・義経の異母兄。

美濃国青墓の宿…現在の岐阜県大垣市青墓町。中世の東山道筋にあたり、遊女が多くいた。

鎌田兵衛…義朝の乳母子、鎌田正清。

延寿…『梁塵秘抄』に見える延寿と同一人物か。

佐渡式部大夫重成…後に出てくる上総介八郎広道と同様、義朝の部下。

夜に入て、頭殿、宿を出させ給所に、中宮大夫進朝長《ともなが》、竜華越《りうげごえ》の軍に膝のふしを射させて、遠路を馳過《遠路を馬で駆け》、ふかき雪を徒にてわけさせ給ひしほどに《深い雪の中での徒歩がたたり》、腫《はれ》損《そん》じて、一足もはたらかせ給べきやうなし。「此いた手《で》にて、御供申べしとも覚えず。とう〳〵いとまたばせ給へ《お暇を頂戴させてください》」と申されしかば、頭殿、「こらへつべくは《どうにか堪えて》供せよかし《供をせよ》」と、世にあはれげにて仰せられしかば、大夫進殿、泪をながさせ給て、「かなふべくは、いかでか御手にかゝらんと申べき《願いを叶えてくださるのでしたら、せめて貴方の手にかけてください》」とて、御頸をのべさせ給たりしを、頭殿、やがて打ちまいらせて、きぬ引かづけまいらせて、「大夫進が足をやみ候。不便にし給へ」とて、出させ給ひぬ。

上総介八郎広常《ひろつね》、「人数あまたにて、路次も難儀に候はんずれば、東国より御上りの時《(義朝が)再び東国から攻め上る時》、勢かたらひてまいりあはん《軍勢を集めて参りましょう》」とて、暇《いとま》申てとゞまりぬ。

株河《ぐいぜがわ》へ出させ給ひて候しほどに《(義朝一行が)たどり着いたところに》、舟の下しを、「便船せん」と仰られ候しに《『乗せてくれ』と頼んだところ》、子細なくのせまいらせ候ぬ。此舟法師は、養老寺の住僧鷲《わし》の巣《す》の源光《げんくわう》也。頭殿を世にあやしげに見参らせて《不審げに見ながら》、「人につゝむ御身にて候はば《人に追われている御身でございますならば》、萱の

中宮大夫進朝長…義朝の次男。頼朝・義経の異母兄。

竜華越の軍…ここより前の章段「義朝敗北の事」に見える横川法師（比叡山に属する僧兵）との合戦。そこで義朝は伯父陸奥六郎義高（毛利冠者）を失っている。

「こらへつべくは供せよかし」…朝長との別れは伝本によって異同が見られる。金刀比羅本では、遊君が朝長の助命を乞う場面が加わる。

下にかくれさせ給へ」とて、頭殿、鎌田、此童にも、つみたる萱をとりかづけて、こうつと申所に関所の候まへをも、萱舟と申て《偽って》とをり候ぬ。

去年十二月廿九日、尾張国野間の内海、長田庄司忠宗が宿所へつかせ給ひ候ぬ。此忠宗は、御当家重代の奉公人なるうへ、鎌田兵衛が舅《しうと》なれば、御頼あるもことはり也。（義朝）「馬、物具などまいらせよ。急とをらん」と仰られしを、（長田）「子共、郎等、引具して、御供に参り候べき」よしを申て、「且く御逗留有ッて、御休候べし」とて、湯殿浄《きよ》めて入まいらせ候ぬ。鎌田をば舅が許へよびて、もてなすよしにて討ち候ぬ《もてなすふりをして討ってしまった》。其後、忠宗郎等七八人、湯殿へ参り、討まいらせ候しに、宵にうたれたるをば知召さで、「鎌田はなきか」と、只一声、仰られて候しばかり《討たれてしまわれました》。此童は、御帯刀《はかせ》をいだきて伏《ふし》て候しを、おさなければとや思ひ候けん、目かくる者も《用心する者も》候はざりしを、御帯刀を抜て、頭殿をうちまいらせて候ものを、二人、きりころし候ぬ。同じくは忠宗を討とり候はばやと存て、長田が家中へ走入て候へども、塗籠のうちへ逃

こうつ…未詳。金刀比羅本「おりくたり津」、古活字本「府津」、杉原本・蓬左文庫蔵本「おりど（折戸）」等、諸本によって様々である。

「鎌田はなきか」…金刀比羅本では「正清は候はぬか。金王丸はなきか。義朝たゝ今うたるゝぞ」とある。

入ッて候し程に、力およばず、庭に鞍置馬《くらをきむま》の候しをとッてのり、三日に罷上候なり」と、委《くわしく》《詳細に》かたり申ければ、常葉これを聞て、「東のかた《東国を》をば頼もしき所とてくだり給ひしかば、遥に山河をへだつ共、此世におはせば《生きていらっしゃるならば》と、をとづれをこそ待つるに、又かへらぬ別の道を聞さだめながら、何をまつとて我身に命の残るらん。淵川にも身をすてて、うらめしき世にすまじとこそ思へ共、此身むなしくなりはてば、子どもは誰をかたのむべき。よしなき忘形見《この不憫な子達を形見と》ゆへに、《して残された故に》おしからぬ身をおしむや」と、なきかなしみければ、六になる乙若が、母の顔を見あげて涙をながし、「母や母、身な投げそ。われらが悲しからんずるに」といひけるにぞ、童もいとゞ涙をながしける。

金王丸、重ねて申けるは、「道すがらも《(義朝様は)》公達《子息達》の御事のみ、御心もとなき《気がかり》事に仰られ候し程に、此事、をそく聞しめされ候なば、《(義朝の死の)ご報告が遅くなりましたら、身を隠すこともできず》たち忍ばせ給ふべき御事もなくて、いかなる御大事にか及給ひ候はんずらんと、おさなき人々の御為に、甲斐なき命いきて、帰参りて候也。頭殿の草のかげの奉公、是までに《殿を失って後の奉公も、これまでに御座いますれば》

『保元平治物語絵巻』「金王丸尾張より馳上る事」

て候へば、今は出家仕て、御菩提をこそ訪奉らんずれ」とて、「暇申て」とて正月五日の夕、なく〳〵出にけり。「頭殿の名残《縁のある者》とては、此童ばかりこそあれ」とて、常葉を始として、家中にある輩、世をもはゞからず、声〳〵になき悲しみけり。

（岩波書店・新日本古典文学大系『保元物語　平治物語　承久記』による）

『尾張名所図会』巻六「義朝最後の図」

同其二

『保元平治闘図会』巻九
「義朝・政家の首を実検しける図」

金王丸伝説の成長

金王丸は伝未詳の人物である。畠山流渋谷氏を出自とする説のほか、城方本『平家物語』などでは後の土佐房昌俊とする説がある。土佐房は、幸若舞曲「堀川夜討」で頼朝に仕え義経を夜討ちした人物である。しかし、この土佐房も詳細不明で、金王丸が土佐房であったという確証はない。いずれにしろ、金王丸には早くから人々の関心が寄せられていたらしい。

例えば、義朝の死の場面で彼の存在感は大きく変化していく。学習院本では、「此童は、御帯刀をいだきて伏て候しを、おさなければとや思ひ候けん、目かくる者も候はざりしを、御帯刀を抜て、頭殿をうちまいらせて候ものを、二人、きりころし候ぬ。」とあり、義朝が討たれた際、金王丸は刀を抱いて伏していたが、彼を用心する者はいなかったので敵を二人倒す。これは金王丸が若輩者であったために侮られたということである。金刀比羅本では、「金王丸太刀帯て御あかに参りたれば、すべきひまこそなかりけれ。やゝありて、『御かたびらまいらせよ。人は候はぬか。』といへば、用意したる事なれば返事もせず。金王、『なに人はなきぞ。』とて、湯殿のほかへ出ければ」とあり、刀を持って控えていた金王丸が湯殿から出た隙に義朝が討たれており、彼が敵方に警戒される人物となっている。

幸若舞曲「鎌田」では、金王丸は剛の者で、弓の名手だったために、長田忠致によって義朝から遠ざ

けられる。金王丸は忠致から「網の奉行」に命じられ、忠致の返忠に気付いて拒否するものの、義朝からも命じられ、結局、野間近郊の内海の沖へ出されてしまうのである。その自分の不在の間に義朝を討たれた金王丸は主の仇を討とうと忠致に挑むが、逃げられてしまう。『平治物語』から金王丸の剛勇と忠節とが大きく成長している。

幸若舞曲に基づく説経節「鎌田兵衛正清」では、金王丸が平清盛に直談判して忠致の身柄を譲り受け、主の無念を晴らしたという後日談が付されるが、この時、金王丸の敵である平家方は、彼の忠節を讃え、捕らえることはなかったとする。

源義朝、鎌田正清の物語もそれぞれに成長を遂げたが、金王丸についても様々な伝説が付加されていった。金王丸の物語において、最も重要であり、且つ後世の人々が好んだのは、彼の義朝への忠節であった。

現在の東京都渋谷区の金王八幡宮にある金王桜は、故郷の渋谷に戻った金王丸が植えたとも、源頼朝が金王丸の誠忠に感動し、鎌倉亀ヶ谷の館にあった桜をこの地に植えたともいう。主の仇に一矢報おうとし、訃報を妻子に伝えた金王丸は、『平治物語』では出家して主君を弔ったとだけ記され、その後の確たる物語はない。しかし、人々は金王丸の忠節を讃えて、このような伝承を生んだのであろう。

丹緑本幸若舞曲「かまた」

大御堂寺

通称、野間大坊。源義朝がこの地で謀殺され、その供養のために源頼朝が伽藍を整備した。境内に義朝の墓、首を洗った血池等がある。

湯殿跡（法山寺）

源義朝が襲われた湯殿跡という。野間駅の東側、田上法山寺にある。かつては温泉が湧いていたが、現在は枯れている。

乱れ橋

長田屋敷と湯殿との間にある小川にかかる橋。乱れ橋の碑がある。主人の危急を聞き、駆けつけた金王丸が、長田の兵と乱戦した所という。

長田はりつけの松

長田屋敷の南方の小山の上にある。長田父子が、義朝の墓前においてはりつけにされた後、その屍をここに埋めて松を墓標にしたものという。

交通：名古屋鉄道知多新線野間駅徒歩10分。

義朝供養塔

湯殿跡

長田はりつけの松

【本文を読みたい人に】

学習院本『平治物語』…栃木孝惟・日下力・益田宗・久保田淳 校注・訳『保元物語　平治物語　承久記』（岩波書店・新日本古典文学大系、一九九二年）

金刀比羅本『平治物語』…永積安明・島田勇雄 校注・訳『保元物語　平治物語』（岩波書店・日本古典文学大系、一九六一年）

山下宏明 校注『平治物語』（三弥井書店・中世の文学、二〇一〇年）

幸若舞曲「鎌田」…『幸若舞曲研究　第二巻』（三弥井書店、一九八一年）

説経節「鎌田兵衛正清」…『説経正本集　第三巻』（角川書店、一九六八年）

【もっと詳しく知りたい人に】

日下力『古典講読シリーズ　『平治物語』』（岩波書店、一九九二年）

日下力『いくさ物語の世界—中世軍記文学を読む』（岩波新書、二〇〇八年）

第九講

阿波手の杜

謡曲『反魂香（不逢森）』

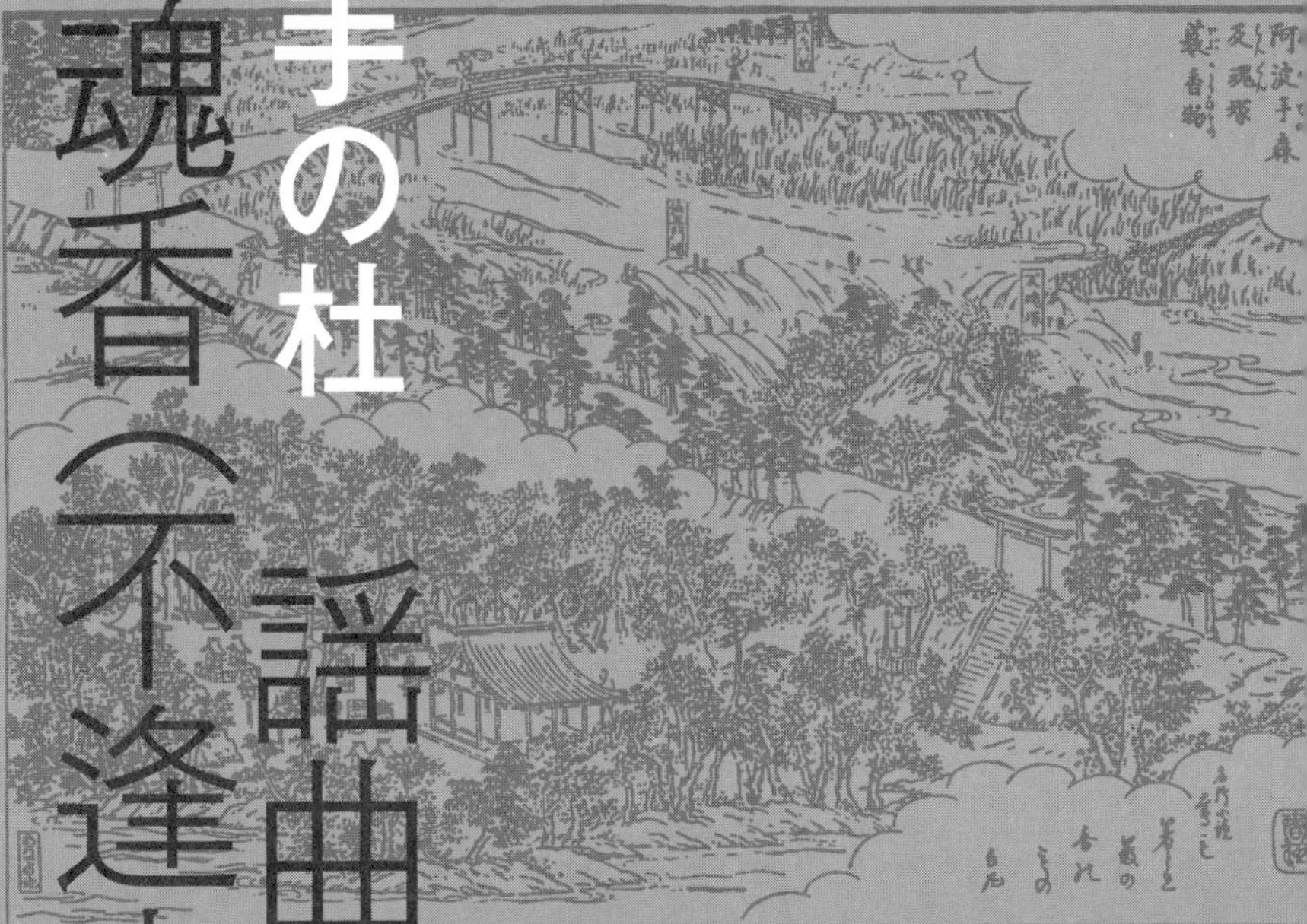

『尾張名所図会』巻七「阿波手森」

◆阿波手《アハデ》の杜《モリ》◆ あま市上萱津・萱津周辺

歌枕として「阿波手の杜」「阿波手の浦」の形で和歌によく詠まれる。これを別所とする説（『八雲御抄』は「阿波手の浦」を常陸国とする）もあるが、かつては入り海であったらしく同所であろう。『和歌色葉』に、歌人・相模の和歌「歎きのみしげくなりゆく我が身かな君にあはでの杜にやあるらむ」を例歌として「あはでの杜は尾張の国にあり。昔妻、夫を見むとて尋行けるに、彼森に行つきて、あひ見ずして死にけり。是によりてあはでの森とは名《なづ》けけり。」とあるように「逢はで」を掛けて恋歌に用いられることが多い。

阿波手の森をめぐっては、『日本書紀』に「（日本武尊）然して稍に起ちて尾張に還ります。爰に宮簀媛《みやずひめ》が家に入らずして、便に伊勢に移りて」と日本武尊が宮簀媛のもとを通過したとする記事があること（第一講参照）から展開した伝承がある。

例えば『熱田神宮鎮座次第記』には「気吹山に登り給ふ。尾張に帰らむと欲し草津《かやづ》に到り給ひ、木下に居して宮簀媛を憶ひ給ふと雖も、遇ひ給はず伊勢に転じ給ふ。依って其樹を名付けて不遇《あはで》の森といふ。」とある。再会が果たされなかった日本武尊と宮簀媛の悲恋が地名起源譚となっているのである。こうした伝説は、熱田を中心とする日本武尊や草薙剣などへの関心の高まりから付会された伝説であろう。

「あはで」という少し変った地名は、その背後にあるべき物語へとひとびとの想像をかき立てるものであったのだろう。

謡曲「反魂香」

作品概説

謡曲。番外曲。『自家伝抄』や『能本作者注文』は世阿弥の作とする。現在は廃曲。反魂香（死者の魂を呼び戻す香）をテーマに、再会を果たせなかった父娘の悲劇を描いている。歌枕「阿波手の森」の地名伝承譚にもなっている。独立した曲舞が、金春禅竹（一四〇五～一四七〇頃）『五音三曲集』に載せられている。また『実隆公記』大永元年（一五二一）十月十一日条に演能記録がある。

場面概説

鎌倉の商人が前年の春、都へ上り、秋に戻る予定であったが、戻らなかった。娘が心配し、父親を探す旅に出たが、尾張国に到着したところで体調を崩してしまう。

女「是は鎌倉亀が江が谷《かめがへがやつ》の者にて候ふが、父は商人《あきうど》にて御入り候ふが、去年《こぞ》の春都へ上られて候。其年の暮に下向《げかう》申されべきと申されしが、此秋まで御下《くだり》なく候ふ程に、父を尋ねて都へ上り候ふが、尋ぬる父には逢はずして行《ゆく》方《へ》も知らぬ旅の宿にて、空しくならん悲しさよ。あら父恋しや。〱。

その年の暮には戻ると申されていましたが、今秋までお戻りになりませんので

死んでしまうのは悲しい

ツレ「御心安く思し召され候へ。御宿を参らせ候ふ上は、某《それがし》涯分《がいぶん》いたはり申さうずるにて候。御心を強くもたれ候へ。ちとも苦しかるまじく候。あら笑止《せうし》

宿を提供しましたからには、私が精一杯お世話をいたします

少しも苦しくないでしょう

ああ困ったこ

女…本曲のシテ。

亀が江が谷《かめがへがやつ》…謡曲「景清」の景清の娘（人丸）もこの亀が江が谷《かめがへがやつ》の人として登場する。本曲と同じく、娘が父親を探す話である。

ツレ…宿の主。

や、是《これ》はや、以外《いぐわい》に御煩《わずら》ひ候《《とだ、これはもう、思いの外の重病です》》。なう〳〵。や、言語道断《ああ、なんてことだ》、早《はや》ことぎれ給ひて候ふは如何《いか》に《もう息絶えなさったのはどうしよう》。由《よし》なき人に宿を参らせて候ふものかな《つまらない人に宿を提供したものだなぁ》。この上はとかく申しても叶ふまじく候ふ程に、森の御《おん》僧とて貴《たふと》き人の御入り候ふ程に、死骸を森の御僧の方《かた》へ送り申さばやと存じ候。ワキ詞「是は今宵《こよひ》此宿に泊りたる旅人にて候。また此宿の隣に鎌倉の者と申して泊りて候ふが、今宵空《むな》しく成りたる由《よし》申し候。如何なる者ぞと尋《たづね》ばやと存じ候。いかに此屋《や》の内《うち》へ申すべき事の候。

［宿の主が旅人に経緯を語る］

ワキ「何を秘《かく》し申し候ふべき《何を秘密にいたしましょう》。某《それがし》は鎌倉亀が江が谷の商人にて候ふが、去年の春より都に上り、其年の暮に、必ず罷《まかり》下るべき由を申して候へども、都に去りがたき事の候ひて、唯今罷下り候。ツレ「さて息女《そくじょ》を持ち給ひて候ふか。ワキ「さん候。娘を一人持ちて候ふを、人に預け都へ上《のぼ》りて候。さては疑ふ所もなき我が子にて候ふべし。クドキ「忌《い》まふに忌《い》まはれぬ世の習《ならひ》《避けるに避けられない世の習いですから》、

ワキ…女の父。

詞…節付けがされていない箇所。

『尾張名所図会』巻七「反魂香の図」

クドキ…能の中で、嘆き悲しんだり、苦しみ悩んだりする心情を表現する謡。

有るまじき事にもあらず。胸騒して心も心ならず候。詞「さて其死骸はいづくに候ふぞ。ツレ「森の御僧と申して貴き人の御方へ送り申して候。ワキ「言語道断、なう若《も》し未だ死骸が候ふらん。一目見たう候。《なんてことだ、いや、もしかしてまだ遺体があるだろう。一目見たく思います》ツレ「御申しの所尤《もっと》もに候。さらばお供申して尋ねうずるにて候。こなたへ渡り候へ。

［僧の所へ行く］

ツレ「また只今参る事余の儀にあらず。《他でもありません。》是に渡り候ふ御方は、《ここにいらっしゃるお方は》其《その》人の親父《しんぷ》にて渡り候ふが、都より今宵此所に御留《とどまり》にて候ふが、此事聞き及び給ひ、其死骸を一目見たき由仰せ候ふ程に、是まで御供申して候。其死骸は候。《その遺体はありますか》僧「はや時が能《よ》く候ひし程に葬りて候。

［略］

僧「いかに申し候。余りに御痛はしく候ふ程に申し候。此僧一年《ひととせ》渡唐せし時、反魂香一《ひと》たきとりて帰朝《きてう》仕つて候。《日本へ戻ってきました》此香と申すは、恋しき人の姿を見んとては、八月十五夜隈《くま》なき月に、《くもりない月夜に》この香を焼き候へば、必ず亡き人の姿見ゆると

八月十五夜隈《くま》なき月…『雲玉和歌抄』（衲叟馴窓《のうそうじゅんそう》の私家集）に「返魂香はかならず明月の前にたきぬとなり」とある。

中秋三五…中秋（仲秋）は旧暦八月。旧暦八月十五日のこと。いわゆる仲秋の名月の日。

地謡…演者以外の地謡方が唱う部分。

瞿麦…ナデシコ。撫子とも書き、和歌などでは「可愛がり撫でた子」の意をかけて用いることが多い。

申し候。されば魂を反《かへ》すと書きて反魂《はんごん》とよめり。や、しかも今宵明月に相当《あひ》つて候ふ程に、此香を焼き実否《じっぷ》を御覧じ候へ《本当かどうか確かめなさい》。ワキ「あら有難や候。やがて《すぐに》此香を焼き候ふべし。名に聞きし反魂香の薄煙、雲となりにし亡き跡の、魂を反すやと、月の夜すがら《月夜の一晩中》経を読み念仏の声も添ふ。森の松風更け過ぎて。ワキ「鳧鐘《ふしょう》の響、半夜《はんや》の鐘。女「中秋三五、明前《めいせん》の影。地「反魂香は魂を。シテ「返すぐ〳〵も嬉しきぞや。ワキ「あれはとも言はゞ形や消えなまし《あれは、とでも言ったら姿形が消えてしまうだろう》。煙の中に現るゝ姿を見れば我が姫なり。シテ「人はたゞ面影のみを見るやらん。我は絶えず瞿麦《なでしこ》の草の蔭より見るものを。ワキ「余《あまり》の事の懐しさに身にも覚えず歩み寄りて。シテ「面影もたつ小夜衣《さよごろも》の。ワキ「袖に正しくすがりつけば。二人「手にも溜《たま》らぬ白玉か何ぞと見れば森の露の、光は月、姿は烟《けぶり》と立ち去りて跡もなく、形も消えて跡はたゞ、煙ばかりぞ反魂の、孝行《かう〳〵》の子ならば、などやしばしも留まらぬ《どうして少しも留まってくれないのか》。曲「伝へ聞く漢王は、李夫人の別《わかれ》故、甘泉殿の床の上に古き衾《ふすま》の恨《うらみ》を添へ、九花帳の内にては、この香の煙を立て、

白玉か何ぞと見れば…『伊勢物語』「芥川」からの引用。芥川の女は、この問答のあと間もなく亡くなる。

曲舞…南北朝時代から室町時代にかけて盛んだった舞の名称。能を大成した観阿弥がこの曲舞の音曲を能に取り入れた（クセ（曲）という）。以下の部分は、それに該当し、独立した曲舞として『五音三曲集』に収録されている。

漢王…中国の漢の武帝。李夫人との反魂香についての逸話が、『漢書』や『史記』、白居易『新楽府』、『和漢朗詠集』などを通じてよく知られた。謡曲「花筐」でも語られる。

李夫人…漢の武帝の愛妾。

甘泉殿…漢の武帝が李夫人

月の夜更け行く風の声、艶容翩々《ゑんようへん〲》《美しい姿が軽やかにあらわれる》と気色《けしき》立つ。玉殿に移ろひて李夫人の御形仄《ほのか》に見え給へり。三五夜中の新月の、夜半《よは》の空隈《くま》なくて、長安雲上《ちやうあんうむしやう》の粧《よそほひ》、気色に到る心地して、皆感涙を沾《うるほ》せば、君も龍顔に御顔を押しあて《帝も李夫人に顔を近づけ》て、反魂の煙の中に立ちよらせ給へば、また李夫人は消々《きえ〲》と、時雨もまじる《時雨交じりの有明の》有明の、見えつ隠れつかげろふの、有るか無きかの御姿かくやと思ひ知られたり《見えたり隠れたりする光と影のように、有るか無いかわからない様子もこのようであったかと思い知られた》。ロンギ「かかる例《ためし》を聞く時は、空《そら》恐ろしき身の行方《ゆくへ》、夢幻《ゆめまぼろし》の面影を、かりにも見るぞ嬉しき。シテ「見る甲斐《かひ》も歎ぞしげきこの森の《見たとしてもやはり歎きが尽きないこの森の》、かげの如くは見ゆれども、誠は逢はざれば、亡き跡のその名にも、あはでの森と云ひやせん。げにやあはでの名を残す。森の梢の夜も明けば、今ぞ限《かぎり》の薄煙、反魂香をまた焼きて名残の姿なほ見んと、立つる煙の中に現る丶袂《たもと》にとりよれば、また消々《きえ〲》となり失せて、正《まさ》しく見えしかひもなく、終にあはでの森とはこの親子の謂《いはれ》なり。今の親子の謂なり。

（名著全集『謡曲三百五十番集』による）

の肖像画を飾ったという宮殿。『新楽府』「李夫人」に「甘泉殿裏 真を写さしむ」とある。謡曲「花筐」にも「そのおん形を甘泉殿の壁に写し」とある。

九花帳…主に寝室に用いる、幾重もの花模様のついた、美しいとばり。『新楽府』「李夫人」に「九華帳深夜悄々、反魂香夫人魂を降す」とある。謡曲「花筐」にも「九花帳の内にして反魂香を焚き給ふ」とある。

新月…ここでは美しい月光。白居易「八月十五日夜、禁中に独り直し、月に対して元九を憶う」詩に「三五夜中、新月の色」とあるのによる。

ロンギ…一問一答の形で掛け合って謡う形式の箇所。

反魂香と阿波手の杜

反魂香といえば、謡曲本文でも触れられているように、漢の武帝と李夫人をめぐる物語が『漢書』や白居易『新楽府』「李夫人」などを通じてよく知られ、古くから日本の古典文学にも取り入れられてきた。しかし、謡曲「反魂香」の物語は、今も愛知県あま市上萱津に「反魂香」の地名が残るように、歌枕の地「阿波手の森」を舞台とし、父と娘の死別と再会を描くものである。

実は、同じ「阿波手の森」と「反魂香」をめぐっては、他に二つの親子の物語が残っている。ひとつは七ツ寺（かつて萱津にあり、現在は大須の地にある正覚山長福寺）の縁起であり、もう一つは今も萱津にあり、境内に反魂香碑が立つ正法寺（正法禅寺）の縁起に見られるものである。その概略を示しておこう。

七ツ寺縁起型

天応元年（七八一）、河内権守紀是広《これひろ》の七歳の子が父を尋ねて東国に下ろうと、萱津まで来て病死してしまった。そこに出羽から上ってきた父是広が来合せ、我が子の死を聞き、正覚院の智光上人に頼んで反魂香を焚いた。

正法寺縁起型

宝亀十一年（七八〇）、奥州の信夫の里から恩雄・藤姫という夫婦が都の父を尋ねて上京する

道中、萱津まで来たが、藤姫が病死してしまった。夫の恩雄は正法寺で出家して、藤姫の菩提を弔うことにした。その後、天応元年、橋本中将がそこを通り、恩雄から藤姫のことを聞き、藤姫が自分の娘と知った。そこで中将は正法寺の東岩和尚に頼み、返魂香を焚いた。

いずれも、時代・人物は異なるが、子が父を求めて旅をするも客死し、偶然通りかかった父が、僧の助けにより、反魂香を焚いて束の間の再開を果たすという物語である。

なぜ萱津の「阿波手杜」が反魂香と結びついたのだろうか。

『建保名所百首』「阿波手杜」に俊成卿女は「名にしおはばあはでの杜に喚子鳥《よぶこどり》うきはためしのよはの一声」と「喚子鳥」を詠んでいる。この「喚子鳥」とは、『徒然草』によれば「ある真言書の中に、喚子鳥鳴く時、招魂の法をばおこなふ次第あり。」（二一〇段）とあるように招魂法に関わる鳥である。

亡くなった后李夫人を呼び返した中国の漢の武帝の伝承と萱津の地とは一見結びつかない。しかし、喚子鳥の歌枕としての阿波手の杜と〝子を喚ぶ〟招魂法としての反魂香とは、たしかに結びついていたのである。

『尾張名陽図会』巻四
「返魂塚之昔話（七ツ寺）」

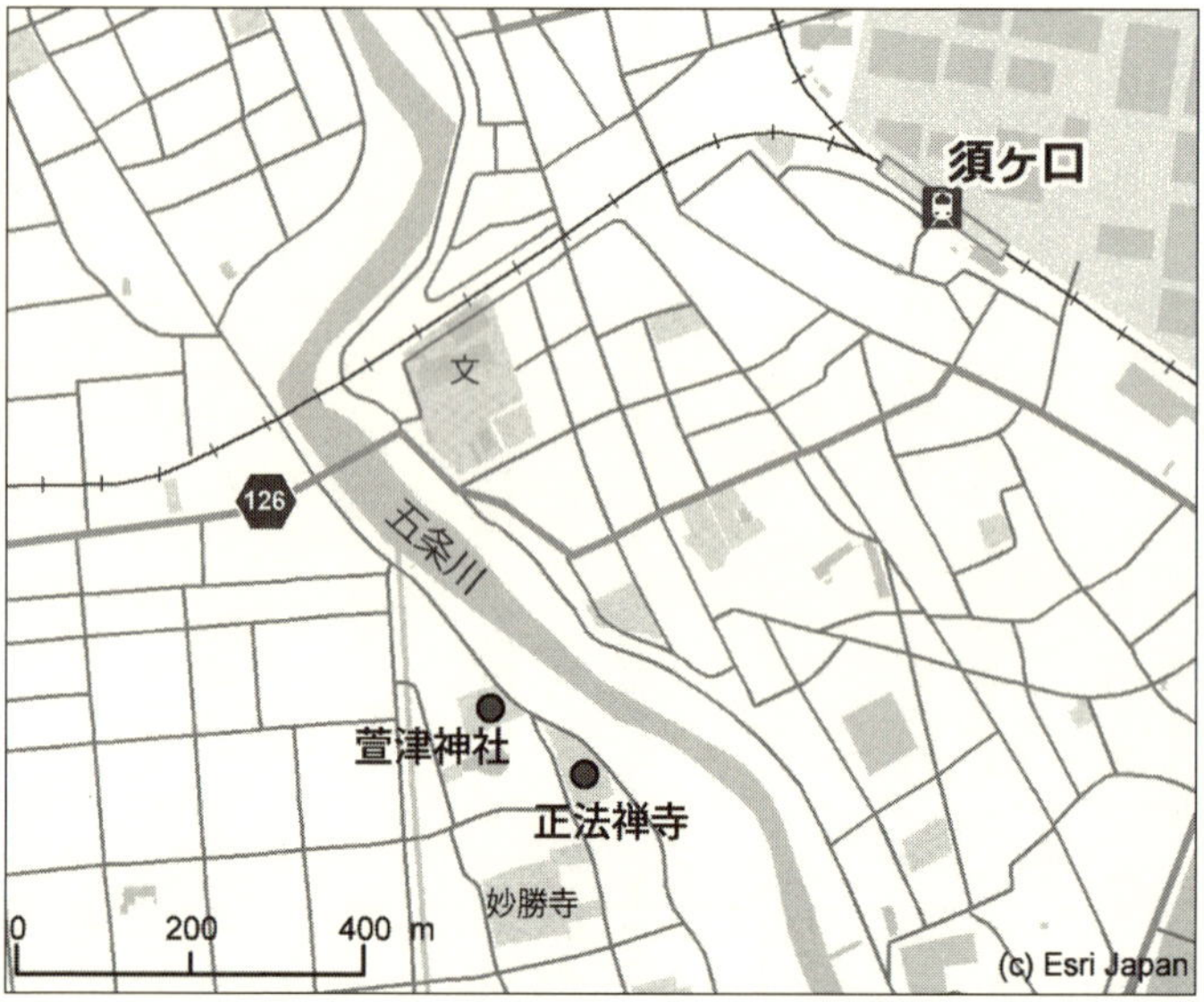

萱津神社

愛知県あま市上萱津にある。境内に阿波手の杜の伝承地がある。

香の物殿

萱津神社は、漬け物の神様としても知られている。

連理の榊

日本武尊の手植えと伝わる雌雄の榊。『日本三代実録』元慶元年（八七七）二月十日条に「尾張国樹連理」とあるものといい、この報告後、陽成天皇が后を迎えられたというところから縁結びの信仰がある。

反魂香碑

かつては萱津神社の東、五条川堤に反魂香塚という小さな塚があり、塚の上に碑が立っていたらしいが、現在は正法禅寺境内に移設されている。

交通：名鉄名古屋本線須ケ口駅から徒歩15分。

萱津神社

連理の榊

【本文を読みたい人に】

野々村戒三 校訂『謡曲三百五十番集』(日本名著全集刊行会・日本名著全集、一九二七年)

田中允 校訂『未刊謡曲集続篇11』(古典文庫、一九九三年)

【もっと詳しく知りたい人に】

武藤尚武『尾張鎌倉街道萱津昔語り』(ブイツーソリューション、二〇一五年)

井上愛「番外曲「反魂香」をめぐる一考案」『超域文化科学紀要』一三(二〇〇八年)

井上愛「番外曲〈反魂香〉試論」『国文目白』四六(二〇〇七年十一月)

第十講

津島

狂言『千鳥』

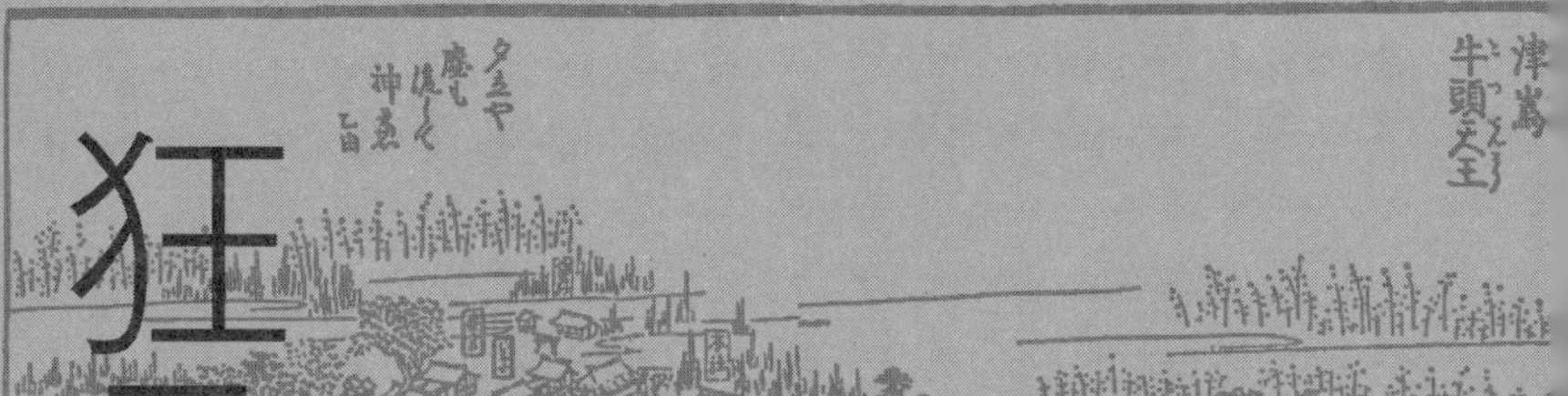

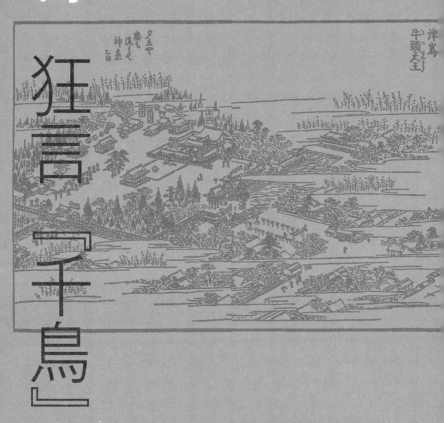

『東海道名所図会』巻二「津島牛頭天王」

◆津島《ツシマ》◆　津島市神明町

津島は、鎌倉時代の『海道記』に貞応二年（一二二三）、「市腋《いちえ》を立ちて津島の渡しといふ所を舟にて下れば」とあり、中世には、東海道の海上交通の要としての湊を擁する尾張への西玄関口であった。宗祇の「名所方角抄」に「伊勢より尾張に行くは桑名より北に津島の渡といふ所あり。名所なり」とあり、十五世紀にも津島の渡の名が知れていたことがわかる。『言継卿記』天文二年（一五三三）七月に山科言継が津島—桑名間を舟で往来し、宋牧が天文十三年十月（『東国紀行』）に同じルートをたどっている。

承安五年（一一七五）書写の大般若経の奥書（七寺蔵）に「津嶋」の名が見え、この頃には既に社があったことが知られている。延応二年（一二四〇）の灯籠の銘文には「天王御宝前」とあり、中世始めには、疫病の神である牛頭天王を祀っていたことがわかる。その後、天王信仰は御師達により広められ、「東の津島、西の八坂」と称され、京都八坂神社の祇園祭りと津島天王祭りは同等の祭りとして、全国から多くの人々が参詣に訪れた。旧六月十四日、十五日の天王祭は歌川（安藤）広重の『六十余州名所図会』の「尾張津島天王祭り」に描かれているが、その風景は織田信長や尾張藩歴代藩主も見物したものといわれている。

近年、「尾張津島天王祭の車楽舟行事」はユネスコ無形文化遺産に登録されている。

狂言『千鳥』

作品概説

狂言。狂言とは、室町初期以降、能と能の間に上演されてきた芸能。狂言『千鳥』の初出は寛永十九年（一六四二）成立の大蔵流『虎明本』。シテ（主役）は太郎冠者で、他に登場人物は主と酒屋の二人。内容は、借金のたまっている酒屋へ行った太郎冠者が話好きの酒屋の主人に尾張の津島祭りの様子を話す中で、まんまと酒樽をせしめてくるという庶民の笑い話。

場面概説

太郎冠者が主人から、客が来るから酒を酒屋から一樽用意してこいと言われ、最初に自分の口に酒が入るなら、と、酒屋のもとへ向かうが、前の精算が済んでいないのに売れぬといわれ、あれこれ算段する中で、津島祭りのくだりが始まる。

主「これはこの辺りに住まひ致す者でござる。今晩俄にお客がござるによって、太郎冠者を呼び出だし、いつもの酒屋へ酒を一樽取りに遣はさうと存ずる。ヤイヤイ太郎冠者、居るかやい。太郎冠者「ハアーッ。主「ゐたか。太郎「お前に居りまする。主「念なう《思いのほか》早かった。汝を呼び出だすは別なることでもない《ほかでもない》。今晩俄に客があるによって、汝は大義ながら《ご苦労だけれども》、いつもの酒屋へ行て酒を一樽取ってこい。太郎「畏まってはござれども、まだ内々の通ひの表が《酒屋との間に内々に取り交わした掛》

これはこの辺りに住まひ致す者でござる…狂言における名乗りの最も典型的なものの一つ。

太郎冠者…狂言においては、主人に仕える筆頭の従者。ほとんどの狂言において主役となる。

済まずに居りまする《け買いの内容が精算していない》によって、参ったりとおこしは致しまするまい《よこしはしないでしょう》。主「その内々の通ひの表は近々算用せうず《精算するつもりだ》。聞けば、汝は酒屋の亭主と合口ぢゃと《話が良く合い、気》申す《が合う》によって、面白う、をかしう言うて、是非とも一樽取って来い。太郎「仰せらるる通り、酒屋の亭主と合口ではござれども、いつ取って参っても、太郎冠者一つ飲め、（と主の顔を見て笑って）とも仰せられませぬ。主「アアこりゃこりゃ、皆まで言ふな。今度取ってきたならば汝に口切りをさせう《最初に口をつけること》ぞ。太郎「ヤアヤア、何と仰せられまする。今度取って来たならば、私に口切りをさせうと仰せられまするか。主「なかなか《その通りだ》。太郎「その儀でござれば畏まってござる主「内も忙しい、早う行てやがて《すぐに》戻れ。太郎「心得ました。主「エーイ。太郎「ハアーッ。（主、狂言座に座る）さてもさても迷惑なご用を仰せ付けられた。参らずばなるまい。まづ急いで参らう。（舞台一巡しながら）イヤまことに、かう参っても酒屋の亭主が酒をおこさば《よこせば》ようござるが、もし、おこさぬ時は参った栓もないことでござる《かいもないことです》。イヤ何かと申すうち、は

狂言座…後見柱の向かって左脇。間《あい》狂言をつとめる役者が、自分の演技の前後に控える場所。

やこれでござる。まづ案内を乞はう、物申、案内申《ごめんください》。酒屋（立ち）「イヤ表に聞き馴れた声で物申とある。案内とは誰そ、どなたでござる。太郎「私でござる。

［略］

酒屋「ヤアヤア何、尾張の津島祭を見物に行た、とおしゃるか。太郎「なかなか。酒屋「あの祭は面白い祭ぢゃと聞いたが、何と、一つ二つ話いては行かぬか。太郎「こなたが話好きぢゃところで、一つ二つ覚えて参りました。酒屋「それはでかいた。サアサア早う話さしめ。

［略］

太郎「それならば、祭に山鉾を引くところがござる。これが面白いことでござる。酒屋「それは面白からう。それを話さしめ。太郎「これにもまた相手がいりまする。酒屋「相手がいらば、また身共《私が》ならうか。太郎「こなたならせられい。こなたには浮きに浮いて『ちゃうさやようさ、ようさやちゃうさ』と

山鉾…現在の津島は川の祭りで山車は全て舟に乗せて渡御するが、『大祭勘例帳』を見るに、慶長（一五九六～一六一五）頃まで陸地をひいていたと思われるふしもある。

言うて囃させられい。私は『えいともえいとも、えいともな』と申して山鉾を引くところを致しませう。酒屋「それは面白からう。それを話さしめ。太郎「これには山がいりまする。酒屋「ムム、山には何がよからうぞ。太郎「その辺りに、何ぞ山になりさうなものはないか問うてみさせられい。酒屋「心得た。（脇柱の方を向き）ヤイヤイ、その辺りに、何ぞ山になりさうなものはないか。ジャア。（と太郎冠者のほうを振り向くと、太郎冠者が葛桶《かずらおけ》を持っていこうとしているので）アアこりゃこりゃ、その樽をどこへ持って行く。太郎「これが山にならうかと存じてのことでござる。酒屋「これは山には、（と葛桶をひったくりながら）ちと小さからう。太郎「小さうはござれども、こなたさへ山ぢゃと思し召さば、ざっと済むことでござる。酒屋「なるほど、身共さへ山ぢゃと思はば、ざっと済むことぢゃ。太郎「幸ひこれに、樽を巻いた綱がござる。（葛桶に巻きつけられた長い白布をほどきながら）これを引綱に致いて引きませうほどに、こなたは急いで囃させられい。酒屋「心得

葛桶…ここでは、酒樽の代わり。

た。囃すぞよ。

太郎「囃させられい。酒屋「ハア、ちゃうさやようさ、ようさやちゃうさ。太郎「えいともえいとも、えいともな。えいともえいとも、えいともな。酒屋「ハア、ちゃうさやようさ、ようさやちゃうさ。太郎「えいともえいとも、えいともな。えいともえいとも、えいともな。（幾度も繰り返す。だんだんと調子を速める。太郎冠者は舞台一面に動きまわり、酒屋もしだいに浮かれてくる。すきを見て太郎冠者、葛桶を橋がかりまで引いていく）エイヤエイヤ、エイヤエイヤ。酒屋（気づいて）「アアこりゃこりゃ、酒がこぼるるわいやい、酒がこぼるるわいやい。（葛桶を押える）太郎「これが山鉾を早むるところでござる。酒屋「山鉾を早むるところ、（白布をひったくり）面白うない。（葛桶を取り戻し、白布をもとのとおりに巻きつけながら）もそっとほかの話をさしめ。

（小学館・日本古典文学全集『狂言集』による）

『六十余州名所図会』歌川広重「尾張津島天王祭」

牛頭天王とは？

牛頭天王とはそもそもどのような神さまなのだろうか。実は、そのルーツは意外にも日本より彼方にたどれない。しかも、その日本においても平安時代に藤原忠実が語り、中原師元が聞き書きした書物『中外抄』において、一体、なんの神なのだろうかという疑問がもちあがっている。その中では、神農氏（中国古代の伝説の帝王）の霊か、あるいは、登仙した皇子王子晋の霊なのだろうかという議論がなされ、結局、その正体は薬師仏と同体の神農氏と結論づけられている。

そんな謎の神、天王の由来を説明した書が中世には存在する。安倍晴明を敬して代々、その名の一字を晴としたという祇園の社家の人が書いたとされる『簠簋《ほき》内伝』所収「牛頭天王縁起」である。それには、旅の途中、牛頭天王に宿を貸してくれた蘇民将来と子孫のみが代々、「蘇民将来の子孫」ということで助けられ、宿を貸してくれなかったそれ以外の人々は攻め殺されてしまったという話が載っている。この話をもとに、中世の津島御師たちは、柳の木に「蘇民将来の子孫也」と書いた札を配布し、蘇民将来の子孫であれば疫病の難から逃れるとして、信仰を集めたといわれている。

現在、名古屋の町では「天王祭り」と称する祭りをあちこちで目にするが、その祭神は素戔嗚尊とされていることも多い。『備後国風土記逸文』には同話が素戔嗚尊の話として載っており、蘇民将来の子

孫と言いつつ、茅の輪を腰につければ、病から免れるとしており、中古以降、牛頭天王と素戔嗚尊は習合していったようである。

津島天王祭には、多くの人々でにぎわう宵祭りの他に「御葦《みよし》流し」という神事がある。『尾張年中行事絵抄』によれば、「悪神を祭り込て、今宵天王川へ流す事なり」とあり、葦に病の神を乗せて、川へ流し、海へと送る神事であったことが記されている。ここからは、牛頭天王にしろ、素戔嗚尊にしろ、その正体は病をもたらす荒ぶる神として、鎮めて後、本宮へと送り返すのがこの祭りのもつ本来の意味合いであったことがわかる。

『東海道名所図会』巻二「津島祭」

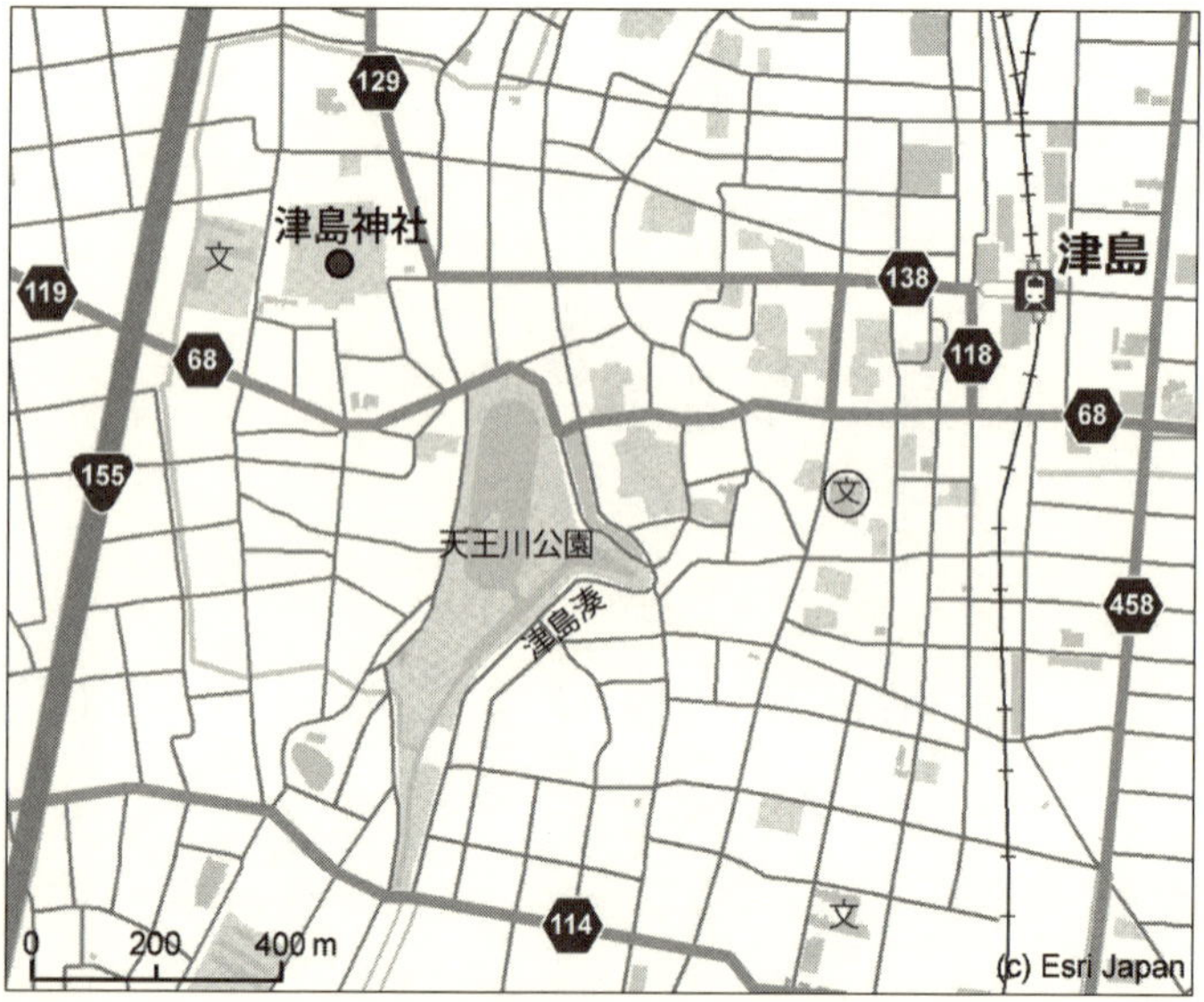

津島神社

古くは、「津島牛頭天王社」とよばれていた。津島天王祭りは現在、宵祭りが七月第四土曜日に行われている。

津島湊

津島駅前から津島神社まで続く天王通を八〇〇メートルのところで左折すると、天王川公園がある。公園内の細い水路の横に津島湊の碑がたっている。ここが古くから東海道の水路の要所であったことを示している。

天王川

天王まつりの時に、三六五個の提灯をともした巻藁船が、津島笛と太鼓をかなでながら渡っていく川。

交通：名鉄津島線津島駅徒歩25分。

津島神社

津島湊

天王川

【本文を読みたい人に】

北川忠彦・安田章 校注『狂言集』(小学館・新編日本古典文学全集、二〇〇一年)

【もっと詳しく知りたい人に】

北川忠彦「狂言『千鳥』と津島祭」(『芸能史研究』三一、一九七〇年)

山本ひろ子『異神』(平凡社、一九九八年)

第十一講

甚目寺

室町物語『姥皮』

『尾張名所図会』巻四「甚目寺」

◆甚目寺《ジモクジ》◆　あま市東門前

甚目寺は、出土した瓦から七世紀後半の白鳳時代には伽藍のあったことが確認されている。鎌倉時代には、あま市の萱津神社の前の道が鎌倉と京都を結ぶ鎌倉街道であったこともあり、人で賑わう土地柄であった。『東関紀行』では仁治三年（一二四二）の出来事として、「かやつの東宿の前を過ぐれば、そこらの人集まりて、里も響くばかりに罵りあへり。けふは市の日になむ当りたるとぞいふなる」と市の日の混雑ぶりを記している。また、宗祇は『名所方角抄』で、「傀儡おほかりし所」としている。

文永元年（一二六四）成立の『甚目寺観音縁起』では、推古五年（五九七）に海中から出現し、漁夫の網に拾いあげられた観音像を祀ったのが甚目寺の始まりであるとされている。『一遍上人絵伝』には、弘安六年（一二八三）、時宗の一遍がこの寺を訪れ、七日間の施食供養を行った様子が描かれている。中世には、寺院参拝者のつらなる場所であった。今も残る南大門は、鎌倉時代の様式を基調としており、当時の繁栄をしのばせる。戦国時代には、福島正則が木造仁王像を寄進しており、現在はそれが門の左右に並びたっている。

江戸時代には、美濃路の清洲から南西三キロメートル、佐屋路の間島（大治町）からも北三キロメートルと近く、尾張四観音の一つとして大勢の参拝客で賑わった。四観音とは、名古屋城から見て鬼門にあたる四つの寺を指し、甚目寺は、名古屋城からみて北北西の鬼門にあたる。現在も、恵方が北北西の方角の節分の年には多くの人で賑わっている。

『姥皮』

作品概説

継子物。室町末期頃成立か。主要伝本は奈良絵本（室町末期から江戸前期にかけての絵入り古写本）。姥皮をかぶることで醜い老女に変じるという話は、昔話にも多く見られる。継母にいじめられた姫君が甚目寺の観音のお告げにより、姥皮をもらい、貴公子と結婚するというシンデレラストーリー。同様の話型として分類されるものに「鉢かづき」がある。

場面概説

話の冒頭部分は、主人公の姫君が母を亡くし、父親もそのまま独り身というわけにもいかないので、姫が十一歳の時に新しい妻を娶るところから物語は始まる。典型的な継子譚の始発である。姫は、父親がいない間に継母に冷たい仕打ちを受け、足の向くまま甚目寺の観音へと向かい、お告げを受けることになる。

応永の頃の事なるに、尾張国いはくらの里に、成瀬左衛門のきよむねと申人侍りけるが、としごろのふるき妻にはをくれ給ひ《長年連れ添った妻に先立たれ》、忘れ形見の姫君一人おはしましける。その後、きよむね、かくてあるべきことならねば《このままというわけにもいかないので》、姫君十一の年、また妻をまふけたまふ《娶られた》。

ほどなくきよむね都へ大番の勤めに上り給ふが、北の方に向かひ、のたまひけるは、「いまだ姫の幼ければ、とにかくにもよきにいたはり育てゝ、た

応永…一三九四～一四二七。

いはくら…岩倉か。現名古屋市北西部。

大番…警護役。

まはり候へ」とこまごまと語り、都へ上り給ふ。（挿絵）

その後、継母、この姫を、にくみ給ふこと限りなし。姫君心におぼしめさるゝは「父御前のこれにましまさばかくはあらじものを」と、明くれば父恋ひし、暮るれば死したまふ母恋ひしと涙のかはく暇もなし。かやうになげき給へば、いよ〳〵にくみ給ひ、御ものなどをもまいらせたまはねば《食事などもお与えにならないので》、十二と申春の頃、いはくらの里をば夜半にまぎれてしのび出で、ゆくべき先はあらねども足にまかせて、迷ひ給ふほどに、甚目寺の観音堂に着かせ給ふ。

これこそ、母上のつね〳〵参りたまひし、御仏にてましますぞや、明け暮れ歩みを運び給ふは自らが行方を祈り給ふと承る。とてもはや、かしんにおよぶ身を母上のましますところへ急ぎゆかばやとおぼしめし、内陣の縁の下に人に忍びて籠もりたまふ。「げにや大慈大悲の御誓いは、現世安穏、後生善処と守りたまはんとの御誓願と承る。自らはこの世の願ひさらになし。後世《死後のこと》を助けてたび給へ」と常に母上の教えおき給ふ観音経を刹那もおこたらず《少しも怠ることなく》

『姥皮』いはくらの里

かしん…臥薪のことか。いつも薪の上に寝て身を苦しめる様子を示す表現か。

読み給ふ。
　三夜籠もりし暁、角《かど》に金色の光を放ち、かたじけなくも観世音菩薩、姫の枕上に立ゝせ給ひ、「汝が母、常に歩みをはこびて、姫が身の行方を祈りしに、かやうに迷ふことの不憫さよ。汝が姿、世にたぐゐなく美しければ、いづくにてか人の奪ひとるべし。これを着よ」とて、木の皮のやうなるものを与へ給ふ。「これは姥皮といふものなり。これを着て和歌をしゆるところへ行くべし。近江国佐々木民部たかきよが門前に立つべし」と教へたまひて掻き消すやうにうせ給ふ。（挿絵）
　さて姫君は、さてもありがたき御告げかなと伏し拝み給ひ、天明けければ、姥皮を着給ひて、縁の下をいで給ふ。これを見る人申しけるは、「これなる姥はおそろしき姿かな」とて、笑ひけり。かくて姫君は御教へにまかせて近江の国へ上り給ふ。おそろしき姥の姿なれば、野にふし山にふしたまへども女《め》を見かへる人もなし。やう〳〵、まよひ給ふほどに、佐々木民部たかきよ

『姥皮』甚目寺観音と姥皮

近江国佐々木…近江の守護佐々木道誉のことか。甚目寺の鐘は最初、佐々木道誉が近江西念寺に寄進したもので、後に織田信長が甚目寺に移したという。

の宿所に着き給ふが、門のわきにやすらひて、御経をたつとくあそばし給ふ。たかきよの御子に十郎たかよしと申て御年十九にならせ給ふが、折節、門《もん》のほとりにたたずみ給ひて、侍を近づけてのたまひけるが、「さてもふしぎなことの有けるぞや、これなる姥が御経を読み候が、姿にも似ずして、声の美しき迦陵頻のごとし。かかるふしぎなものはあるがよきぞや、うちへ呼び入れ、釜の火を焚かせよ」と仰せければ、侍承り、「いかにうばよ、これにこのまゝありて釜の火をたけ」と申しければ、うちに入りて釜の火をこそたきにける。さるほどに、ころは弥生十日あまりのことなるに、南おもての花園にはいろ〳〵の花をうへたまふ。散る桜のあれば、咲きぬる花もあり、汀の柳は萌黄の糸を垂れ、さよふけかたの山の端にかたぶく月も花の色年あらそへり。かくて姫君、夜ふけ、人しづまりぬれば、花園にいでゝ、月はなをご覧じて、来し方恋しく、おぼしめして、かくなん。

月花のいろはむかしにかはらねど我が身一つぞおとろへにける

迦陵頻…迦陵頻伽（かりょうびんが）。上半身が人で、下半身は鳥。『阿弥陀経』には、極楽浄土に住み、美しい声で仏法を説くと記されている。

かやうに詠じてたゝずみ給ふ。さて、また、十郎たかよしは、詩歌管弦の道にもくらからず。やさしかりける人なれば、いるさの月を惜しみ給ひて、花見の御所のみすたかく、巻きあげてゐたまふが、あやしく花薗に人かげのしけるを御覧じてたちおつとり、たちしのびて見給ふに、火たきの姥なり。「こはくせものかな、いかなることぞや」とおぼしめし、しづめてものを見給ふに、さて、姫君は人の見るとも知らずして月のひかりにさしむかひ、少し姥皮をぬぎ給ひて、美しき御顔ばかりさしいだしてまたかくなん。

　月ひとりあはれとはみよ姥皮をいつの世にかぬぎてかへさん

と、詠み給ふを見るに、あたりもかかがやくほどの姫君なり。こはいかなることぞとおぼしめし、もとより大剛の人なれば、持ち給ふ太刀のつばもとをくつろげてする〳〵とたちよりて、「なんぢをこのほどの火焚きの姥と見るところに、さはなくして美しき女房なり。魔神のものにてぞあるらん。のがすまじ。」と怒り給ふ。

（角川書店『室町時代物語大成　第二』による）

詩歌管弦の道…漢詩・和歌・音楽といった貴族の教養。

『姥皮』姫と十郎たかよし

甚目寺から発信される説話

中世に成立した仏教説話集『沙石集』（一二七九〜一二八三頃）巻九ノ一八には、甚目寺付近の説話が載せられており、甚目寺から発信されたであろう話の一つの様態をうかがい知ることができる。甚目寺の近くで、十二、三歳くらいの女の子が菜を摘んでいたが、急に倒れたので、田畑を耕していた人が不思議に思って近づいてみると蛇が女の子にまとわりついている、鍬をとって殺そうとする間に、蛇は女の子の首の辺りで急に身を縮めて這って隠れてしまった、男が女の子に話を聞くと、若く美しい身分の高そうな男性がそこに寝ろというので仰せに従おうとしていると急に怯えた様子で逃げ帰ったという。彼女は尊勝陀羅尼を書いた紙を元結にしていたのであった。この話の末尾には、お守りを崇めてもつ徳疑いなしとしてお守りの効能を説いている。話の骨子に蛇聟入りの話が使われている。蛇に魅入られた女性が蛇の嫌いなものにより助かるという話は『古今著聞集』にも見られる。ただ、本話は、場所の設定を甚目寺付近としたことにより、より身近に感じられる話になっており、甚目寺の談義所で語られる唱導話としてふさわしいものとなっているといえよう。

「姥皮」の巻末には、「南無大悲観世音菩薩」と名号を唱えるように勧めていることから、伊藤慎吾氏は、実際の唱道活動で用いられていた可能性があると指摘し、日沖敦子氏は甚目寺付近の談義所の存在

を明らかとしている。奈良絵本の話の出所の一つとして在地の談義所の存在が重要な役割を果たしていることがわかる。

「姥皮」は、昔話では蛇聟入りの後段をなす場合が多い。娘は針で大蛇を退治した御礼に蛇の天敵であったガマから「姥皮」をもらうのである。「老婆の姿に身を変じさせる」着物は鉢かづきの姫と同様、世間から若く美しい女性が身を守るアイテムとして機能し、継子譚とも結びつく。但し、御伽草子の場合には「姥皮」を渡す者として観音の存在がクローズアップされる。そこには、在地の信仰を文学に託して、広めようとした談義所の存在が看取されるのである。

『尾張名所図会』巻四「甚目寺初観音詣」

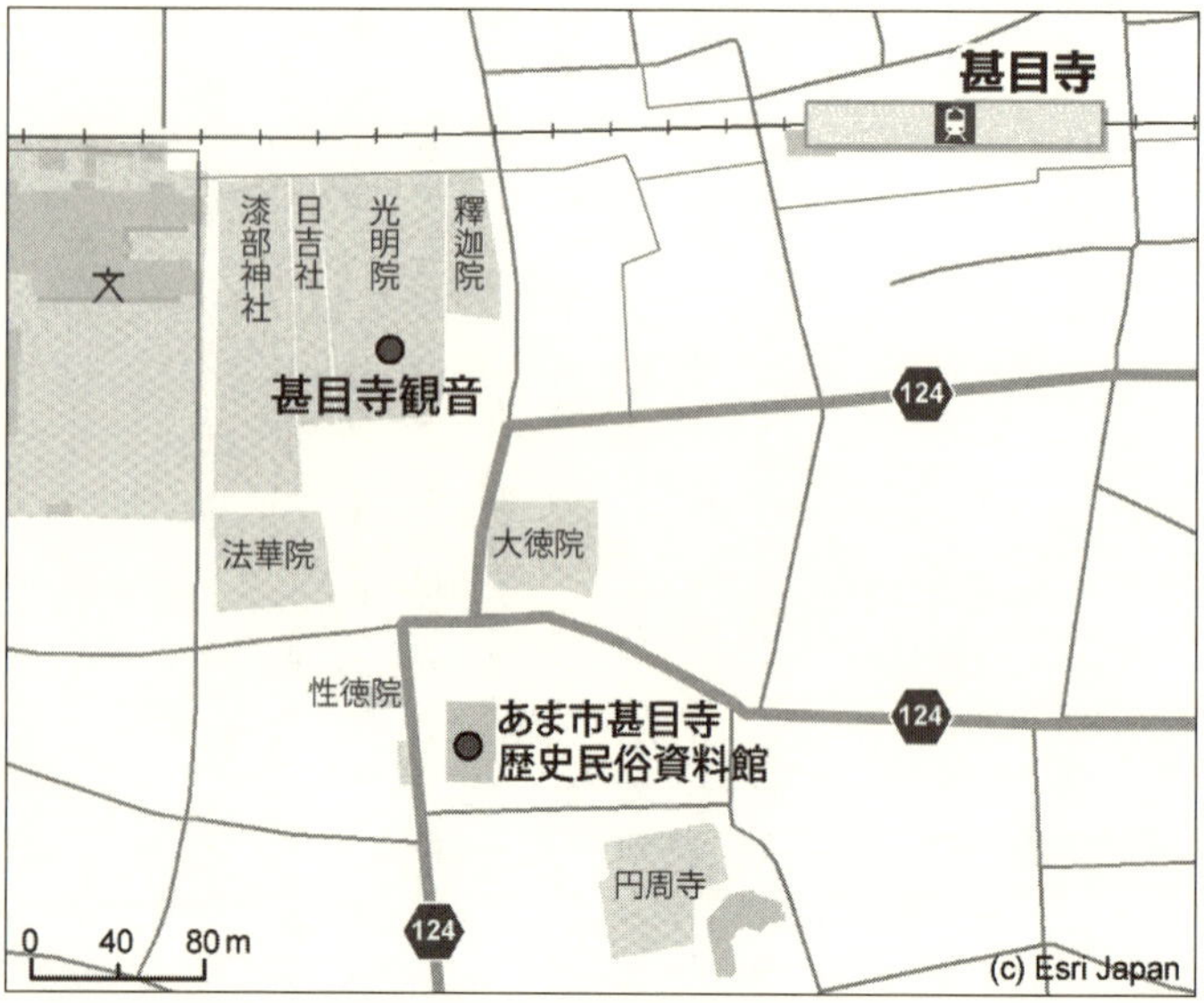

甚目寺観音

十三世紀に記された甚目寺の縁起では、五九七年に、甚目竜麻呂（はだめたつまろ）という漁師が海中から紫金の聖観音像を拾いあげ、その像を安置したのが甚目寺とされている。出土した瓦から、七世紀後半の白鳳時代に伽藍のあったことが確認されている。南大門は、源頼朝の命を受けて梶原景時が奉行となって建立されたと伝えられる。左右の木造仁王像は、運慶作と伝えられている。東門は、桃山文化の影響を残すとされる一六三四年建立の銅板葺き・切妻造の四脚門である。この他、「建武四年（一三三七）」銘の梵鐘も伝えられている。現在、二月三日に節分会が行われている。

あま市甚目寺歴史民俗資料館

甚目寺のすぐ側にあり、甚目寺の昔の姿や萱津神社について知ることができる。

交通：名鉄津島線甚目寺駅徒歩7分。

甚目寺観音

甚目寺観音南大門

【本文を読みたい人に】

横山重・松本隆信 編『室町時代物語大成　第二』(角川書店、一九七四年)

【もっと詳しく知りたい人に】

徳田和夫 編『お伽草子事典』(東京堂出版、二〇〇二年)

日沖敦子「お伽草子『姥皮』の成立背景について」(『昔話—研究と資料—』三四、二〇〇六年七月)

尾崎久弥「奈良絵本『うはかハ』」(『観音』四-一、一九三五年五月)

第十二講

矢作 古浄瑠璃

『浄瑠璃御前物語』

『東海道名所図会』巻三「矢矧橋」

◆矢作《ヤハギ》◆　愛知県岡崎市矢作町

東海道が岡崎に移るまでは、矢作宿は矢作川の渡し場において発展し、渡船場だけでなく、宿泊施設や市場などを含む宿であった。歌枕としても、「かり人のやはぎにこよひやどりなばあすやわたらむとよ川の波」（『新撰和歌六帖』第二帖・七九一・衣笠家良）と、矢作の地が詠まれている。矢作宿はかつて矢作東宿と矢作西宿に分かれており、東宿は矢作川と乙川の合流点に近い乙川南岸に、西宿は渡河地点に近い桑子村付近にあった。享禄頃に岡崎城が乙川北岸に移り近世の東海道が北岸の岡崎城下に移ったことにより矢作東宿は消滅し、西矢作宿が矢作宿と呼ばれるようになったようである。また、中世の紀行文にも宿場町としてその名が見え、『海道記』には「日の入る程に、矢矧の宿におちつきぬ。九日、矢矧を立ちて、赤坂の宿を過ぐ。」とあり、永享四年足利義政の富士見物に同行した尭孝の紀行文『覧富士記』や、飛鳥井雅有の『都の別れ』にも矢作に宿泊して歌を詠んだ記事が載る。

近世になると『三河志』をはじめとした地誌類に、その地名由来譚が語られるようになる。「矢作」は、日本武尊が矢を作って東夷を亡ぼした故事をもとにした名であるといい、矢作神社の境内にも日本武尊にちなんだ矢竹が残る。この日本武尊の伝承は記紀には見られず、由来譚は交通の要衝として発展した矢作宿に戦場としての背景があったことを示す。実際、中世の軍記物を見ると、矢作は合戦の場として描かれており、『平家物語』「洲俣合戦」では源行家が矢作川の橋をはずして平家を敗走させたこと、『太平記』「矢作鷺坂手越河原闘ひの事」では新田義貞の武功を伝えている。矢作は、宿場町としての面だけでなく、合戦の場として描かれるなど、様々な光景を想像させる場であった。

古浄瑠璃『浄瑠璃御前物語』泉水揃え～笛の段～物見の段～風口

作品概説

浄瑠璃・御伽草子。別名、浄瑠璃物語。浄瑠璃十二段草子。作者未詳。成立は室町中期頃か。薬師如来の申し子浄瑠璃御前の本地譚であり、判官物の一つ。諸本によって内容は異なり、殊に結末部に大きな異同がある。芸能の浄瑠璃の起源とされる物語。

場面概説

御曹司義経は、金売吉次の下人となって奥州へ下る途中である。御曹司義経が目にとめた御殿は、三河国の国司伏見の源中納言を父にもち、矢矧の長者として東海道一の遊女であった母をもつ浄瑠璃御前を主とする所であった。御殿の中では、管弦の遊びが始まろうとしている。

【泉水揃え】［前略］さて又内《うち》の役者《やくしや》には（浄瑠璃御前の屋形の内の管弦の役々には）　上瑠璃《るり》御前《ぜん》は琴《こと》の役《やく》　冷泉殿《れんぜいどの》は琵琶《びは》の役《やく》　空《そら》さえ殿は和琴《わごん》の役《やく》　花さえ殿は鞨鼓《かつこ》の役《やく》　玉藻《も》の前《まへ》は方磬《ほうきやう》打《う》ちける　月さへ殿は笙《しやう》の役《やく》　有明殿《ありあけどの》は篳篥《ひちりき》の役《やく》　千手《せんじゆ》の前《まへ》は狛笛《こまぶえ》の役《やく》　おぼろげ殿《どの》は鉦《かね》の役《やく》　とらふく殿《どの》は磬《きん》の役《やく》　弥陀王《みだわう》殿は太鼓《こ》の役《やく》　小侍従殿《じゞうどの》は鼓《つゞみ》の役《やく》と定《さだ》まりて　胴《どう》をば紫檀《したん》の刳胴《くりどう》に羊《ひつじ》の皮《かは》を掛《か》けさせて　朱《あけ》の調《しらべ》をくりかけて　真《まん》中結《ゆ》ふたる鼓《つゞみ》をば　左手《ゆんで》の脇《わき》にしのばせて　東西響《とうざいひゞ》けと打《う》

冷泉殿、空さえ殿、花さえ殿、～弥陀王殿、小侍従殿…浄瑠璃御前に仕える女房の名。「願立」の段で浄瑠璃御前が生まれた際には「上八十人中八十人下八十人　二百四十余人の女房達を召し具して」とある。

たれけれども　未《いま》だ笛《ふえ》こそなかりけれ《その時はまだ笛の役が》

【笛の段】扨《さて》も其後《そのゝち》　御曹司《ざうし》は　籬《まがき》が外様《とざま》に立《た》ち忍《しの》び　楽《がく》を《籬の外の方に隠れて、浄瑠璃御前や女房が奏でる楽を》ぞ聴聞《ちやうもん》召《め》されける　あらおもしろの管弦《くはげん》やな　牛若都《うしわかみやこ》にありし時　あまたの管弦《くはげん》も聞《き》きしかどもが　琵琶《びは》の撥音《ばちをと》　琴《こと》の爪《つま》音勢《おむせい》　息差《いきざし》　程拍子《ほどひやうし》　優《ゆふ》にやさしくおぼ《優美で美しく感じられた》えたり

か程《ほど》ゆゝしき管弦《くはげん》にも　不審《ふしん》の一《ひと》つ候もの　笛《ふえ》のなきこそ不審《ふしん》なれ　笛《ふえ》はあれども　吹手《ふきて》がなうして吹《ふ》かぬかや　吹手《ふきて》はあれども　笛《ふえ》がなくして吹《ふ》かぬかや　笛《ふえ》も吹手《ふきて》もありけれども　惣《そう》じて東《あづま》の管弦《くはげん》には　笛《ふえ》をば吹《ふ》かぬ習《なら》《一般に、東の管弦では笛は吹かない習いなのかなぁ》ひかや　それはともあれ　かくもあれ　義経《よしつね》これにて楽《がく》に《この管弦の楽に》笛《ふえ》をば合《あ》はせんずる

もしも咎《とが》むる人あらば　山路《さんろ》が夜《よる》の草刈笛《くさかりぶえ》とも答《こた》ふべし　重《かさ》ねて咎《とが》むる者あらば　源氏重代友切丸《げんじぢうだいともきり》の続《つゞ》かん程《ほど》　打合《うちあ》ふべしとおぼし召《め》し　右の袷《あはせ》の袂《たもと》より　かの蟬折《せみおれ》を取《と》り出《いだ》し　錦《にしき》の油単《ゆたん》を押《を》し外《はづ》し　八《や》つの歌口《うたくち》　常若《とくわか》の

山路が夜の草刈笛…謡曲『敦盛』に「草刈笛の声添へて、草刈笛の声添へて、吹くこそ野風なりけれ。」とある。幸若舞曲『烏帽子折』にも登場する。

源氏重代友切丸…御伽草子『御曹子島渡』「御曹子の受太刀は、二尺七寸、友切丸にて、」とある。幸若舞曲『烏帽子折』では「源氏御重代のこんねんとうの腰の物」とある。

業平殿…在原業平。『伊勢物語』六五段に「この男、人の国より夜ごとに来つつ、笛をいとおもしろく吹きて」とある。また、『神道集』第十八「諏訪大明神五月会事」、『青葉の笛の物語』には、鬼から「青葉の笛」を奪う業平が描かれる。

花《はな》の露にて打湿《うちしめ》し　楽《がく》はさま〴〵多《おほ》けれども　男子《なんし》が女子《によし》を忍《しの》ぶ楽《がく》　女子《によし》が
男子《なんし》を恋《こ》ふる楽《がく》　中にも北《きた》野の天満《てんまん》天神の惜しませ給ふ想夫恋《さうふれん》　親《おや》が子を又《また》
尋《たづ》ねかねたる獅子《しゝ》団乱旋《とらでん》といふ楽《がく》をば　押《を》し返《かへ》しては押《を》し戻《もど》し　押《を》し戻《もど》して
は押《を》し返《かへ》し　矢矧《やはぎ》は闇《やみ》にもなればなれとて　半時《はんじ》ばかりぞ遊《あそ》ばしける
矢矧の地でその無明の長い眠りから覚めることができなくてもよい、　約一時間程
上瑠璃《るり》此由《よし》聞《き》こし召《め》し「あらおもしろの笛《ふえ》の音《ね》や」とて　弾《ひ》きける琴《こと》　琵《び》
琶《は》　和琴《わごむ》　鞨鼓《かつこ》　笙《しやう》　篳篥《ひちりき》を押《を》し留《とゞ》め　笛《ふえ》をぞ聴聞《もん》召《め》されける
御曹司義経の笛を
（女房の一人）玉藻《たまも》の前《まへ》を召《め》されつゝ（上瑠璃御前）「なふいかにや玉藻《たまも》の前《まへ》
只《たゞ》今門外《もんぐはい》遥《はる》かに　聞《き》き《ゝ》も習《なら》はぬ笛《ふえ》の音《ね》のし給《たま》ひけるをば　承《うけたまは》りて候が
聞き慣れない笛の音が　お気づきでいらっしゃい
ますか
か程に笛《ふえ》を吹《ふ》く人は　それ天竺《ぢく》の大聖《しやう》文殊《もんじゆ》の化現《けげん》かや　又《また》は不動《ふどう》の再来《さいらい》か
や　観音《くはんをん》勢至《せいし》の来迎《らいかう》かや　昔《むかし》の笛《ふえ》の上手《じやうず》には　伊豆《いづ》の国では兵衛《ひやうゑ》の佐
信濃《しなの》の《ゝ》国では木曾義仲《きそよしなか》　次《つぎ》には業平殿《なりひらどの》こそ名誉《めいよ》の笛《ふえ》の上手と　承《うけたまは》る　今は
はや平家《へいけ》の悪行《あくぎやう》世に超《こ》え　源氏《げんじ》は衰《をとろ》へ平家は盛《さか》ふる世《よ》の中なれば　いかな
る源氏方《げんじがた》の公達達《きんだちたち》の　塵《ちり》に交《まじ》はり東《あづま》の方《かた》を心がけ下《くだ》らせ給ふが　矢矧《やはぎ》は

『浄瑠璃物語絵巻』笛の巻

さるべき名所《めいしょ》とて　一夜のお宿《やど》を召《め》されつゝ　路次《し》の御慰《なぐさみ》とてあそばすか
それにふさわしい名所というわけで
や　いかなる人ぞや　よく見て参れや玉藻《も》の前《まへ》」とぞ仰《おほ》せける
どのような人であるのか、
玉藻《も》此由《よし》うけ給り　薄絹《うすぎぬ》取《と》つて髪に掛《か》け　門外遥《もんぐはいはる》かに立《た》ち出て　御曹司《ざうし》
の花の姿《すがた》を一目見るより玉藻《も》が心ぞ変《かは》りける　此由君《よしきみ》に申てあるならば
心持ちに変化があった
中〱に聞《き》きての恋《こひ》をも召《め》さるべしとて　ありの儘《まゝ》には申さぬなり
むしろ噂を聞いてあこがれ恋に落ちてしまうだろう
見てきた義経を
（玉藻の前）急《いそ》ぎ屋形《かた》に立《た》ち帰《かへ》り「いかにや申さん我君様《きみさま》　時は昨日《きのふ》の昼《ひる》の
浄瑠璃御前の屋形に
比　大方殿《かた》に着《つ》き給ふ　金売《かねうり》吉次信高《のぶたか》の馬追冠者《おひくはじや》にて候《さふら》ふが　東《あづま》の旅《たび》の物
うさに　大和《やまと》竹によをこめて草刈笛《くさかりぶえ》とて吹《ふ》き給ふ　我君様《さま》」とぞ申されける
上瑠璃《るり》此由聞《よしきこ》し召《め》し「さうな言《い》ふそや女房達《ねうばうたち》　笛《ふえ》をば笛とも思ふかや　楽《がく》
そのように言ってはいけませんよ、
この笛の音は笛を選ばず、管弦の楽はすば
をば楽《がく》とも聞《き》きつるか　昔《むかし》より名人《めいじん》人をば誹《そし》らぬ物《もの》　大海塵《かいちり》を選《えら》ばぬ物《もの》
らしいものと
神は社《やしろ》を定《さだ》めぬ物　花は所を嫌《きら》はぬ物　泥《でい》の中にも蓮《はちす》あり　草の中にも
黄金《こがね》あり」とて　上瑠璃《るり》御前《ぜん》は一首《しゅ》はかうぞ聞《きこ》えける

みな人は雪やこほりとへだつれどとくればおなじ谷川の水

金売吉次信高…奥州藤原秀衡のもとまで義経を届ける案内人。他の義経物にも登場するが、作品によって描かれ方が異なる。

と遊《あそ》ばし給へば　玉藻《も》此由《よし》承り　合《あ》はぬ言葉の末《すゑ》かなとて　局《つぼね》をさしてぞ
主人というものは道理に合わない無理を言うものだなあ
忍《しの》ばれける

【物見の段】扨《さて》も其後《そのゝち》　上瑠璃《るり》御前《ぜん》は重《かさ》ねて（女房の一人）十五夜召《め》し出し
（上瑠璃御前）「いかにや十五夜　承《うけたまは》れ　か程に笛《ふえ》を吹《ふ》く人は　平家方《へいけがた》では清経《つね》か　源氏方《げんじがた》では義朝《よしとも》には八男《なん》　常盤腹《ときはばら》には三男《なん》　鞍馬《くらま》の寺におはします牛《うし》若《わか》殿こそ　名誉《めいよ》の笛《ふえ》の上手《じやうず》と　承《うけたまは》る　いかなる人ぞよく見て参《まい》れや　十五夜いかに」と仰《おほ》せける

十五夜此由《よし》うけ給り　薄絹《うすぎぬ》取《と》りて髪《かみ》に掛《か》け　妻戸《つまど》をきりりと押《を》し開《ひら》き　白州《しらす》に立《た》ち出　御曹司《ざうし》の花の姿《すがた》をつく〴〵と見　奉《たてまつ》りて　急《いそ》ぎ屋形《やかた》に立《た》ち帰《かへ》り（十五夜）「いかにや申さん我君様《きみさま》　大方《かた》殿へ着《つ》き給ふ金売《うり》吉次信高《のぶたか》の馬追冠者《おひくはじや》にて候《さふら》ふが　その出立《いでたち》の花《はな》やかさを　自《みづか》らが月の夜《よ》に　たゞ一目《め》見奉《たてまつ》るに　只《たゞ》なる人にてさらになし
普通の人では

［略］

みな人は雪やこほりと…『一休骸骨』に「雨霰雪や氷と隔つらん解くれば同じ谷川の水」とある。また、義経を描く御伽草子『天狗の内裏』には「凍る一天の雪消えて後、解くれば同じ谷川の水」とある。

清経…平清経。謡曲『清経』に「舟の舳板に立ち上がり、腰より横笛抜き出し、音も澄みやかに吹き鳴らし、」とある。

年《とし》を申さば　十四か十五と打見《うちみ》えて　佇《たゝず》み給ふ有様《ありさま》を物によく〱譬《たと》ふれば　昨日《きのふ》か今日《けふ》の山出《い》での《昨日か今日にでも下山してきたような》稚児《ちご》姿《すがた》と打見《うちみ》えて　目の中《うち》の気高《けだか》さはいかさま百万騎《まんき》がその中の　大将《しやう》とは申ともこれにはいかで勝《まさ》るべし　我君様《わがきみさま》」とぞ申されける

【風口】［前略］（上瑠璃御前は侍女の一人である十五夜を介して、義経と句のやりとりをする）上瑠璃《るり》此文《ふみ》受《う》け取《と》りて　さつと開《ひら》いて見給《たま》ふに　「文字《もじ》の並《なら》びの尋常《じんじやう》さよ　筆の立《た》てどの《人並優れて立派なことよ、筆遣いの》気高《けだか》さよ　さればこそとよ《やはりそうだ、はっきりわかる》牛若君《うしわかぎみ》には隠《かく》れもなし牛若君《うしわかぎみ》と申は　そも鞍馬《くらま》育《そだ》ちの稚児《ちご》学匠《がくしやう》にてましませば　三国一の少人《せうじん》と承《うけたまは》る　いかにもして《なんとかして》此君《きみ》を　内《うち》に《この邸内に》招《しよう》じ奉《たてまつ》り　此君《このきみ》の御笛《ふえ》にて《この君の笛を加えて》管弦《くはげん》し今生後生《こんじやうごしやう》の覚《おぼ》えにせん」とて　一度《ど》の使《つかひ》に千手《せんじゅ》の前　二度《ど》の使《つかひ》に阿古《あこ》屋《や》の前　三度《ど》の使《つかひ》にもろずみ殿《どの》　四度《ど》の使《つかひ》に苅萱殿《かるかやどの》　五度《ど》の使《つかひ》に十五夜殿　六度《ど》の使《つかひ》に高倉殿《たかくらどの》　七度《ど》の使《つかひ》に桔梗《きやう》の局《つぼね》ぞ出られける
御曹司《ざうし》は聞《き》こし召《め》し　七度《ど》の使《つかひ》を立《た》つる上《うへ》　こゝを行《ゆ》かぬものならば

鞍馬…鞍馬寺。御伽草子『御曹子島渡』にも義経を「鞍馬育ちの学匠」と称する箇所がある。

七度の使…「七度半の使い」か。七度半の使いは、神事や祭礼、また輿入れな

都《みやこ》の冠者《くはじや》が東《あづま》の女人の管弦《くはげん》に臆《おく》したりと思ふべし《気後れしたと思うだろう》　さりながら此程の旅《たび》のやつれに　色《いろ》も黒《くろ》く塵《ちり》に交《まじ》はり　姿《すがた》も衰《をとろ》へ物恥《ものはづ》かしくは思《おも》へども　行ばやなどとおぼし召《め》して　七度《ど》の使《つかひ》桔梗《きやう》の局《つぼね》の羅綾《られう》の袂《たもと》に取《と》りつきて　上瑠璃《るり》御前《ぜん》の屋形《かた》をさしてぞ移られける

［略］

御曹司《ざうし》は御覧《らん》じて　広縁《ひろえん》にて砂打払《すなうちはら》ひ　座敷《ざしき》に上《あが》らせ給ひつゝ　座敷《ざしき》の調子《てうし》をうかゞひて　音取《ねとり》を一手《ひとて》あそばしける《音程を定めなさって》　十二人の女房達《ばうたち》も　皆役《やく》〳〵を受《う》け取《と》りて　御曹司《ざうし》の御笛《ふえ》と管弦《くはげむ》するこそおもしろけれ

（岩波書店・新日本古典文学大系『古浄瑠璃　説経集』による）

どの際に、たびたび丁重な使いを出して迎えること、またその使いの者のことをいう。

義経の笛伝承と「草刈笛」

『浄瑠璃御前物語』は矢作地方の遊女によって創作されたという指摘がある。浄瑠璃御前は矢作の長者の家に生まれたのにふさわしく、女房たちと管弦の遊びに興じている。そして御曹子義経は、邸の前で、澄み渡る管弦の音を耳にする。聞こえてきた管弦の遊びには、琴、琵琶、篳篥、笙、和琴、方磬が合わされているものの、横笛が含まれていない。義経は管弦の遊びに合わせて笛を吹き、そこで浄瑠璃御前と出会う。

笛を吹く義経は、『義経記』などでよく知られている。ただし、義経が持つ笛の名や伝承は、物語によって異なる。常葉から与えられた笛の由来を語る内容を持つ幸若舞曲『笛の巻』では「大水龍」「小水龍」「青葉」の名が見え、それぞれ弘法大師ゆかりの笛として伝承される。御伽草子『御曹子島渡』では諸本によって「蟬折」「たいとう丸」の名が見え、『浄瑠璃御前物語』でも、義経が取り出した笛の名は「蟬折」と称されている。この「蟬折」は普通、「蟬折、小枝」と並び称され、ともに以仁王の笛とされる（『平家物語』）。しかし、ここではその笛が「山路が夜の草刈笛」と呼ばれている。

草刈笛とは、一般には草刈りをする子供たちが吹く笛のことであるが、ここでの「草刈笛」には、用明天皇の草刈笛由来譚が重ねられている。義経の奥州下りを語る幸若舞曲『烏帽子折』にも「草刈笛」が登場し、詳しくこの「草刈笛」の由来が説かれる。

その梗概は以下の通りである。

用明天皇は后探しの末に、筑紫豊後の国、内山というところにいる長者の娘に目を付ける。かつて公卿らに命じて扇に書かせた理想の女の面影があったからであった。しかし長者は一人娘だとしてその宣旨を受け入れず、拒否し続けていたところに内山の聖観音の夢告を受ける。ついに長者は娘を内裏に参らせようとしたところで、用明天皇がかえって身を偽り、山路と名乗って長者の舎人となった。千人の舎人が野辺で草を刈る間、山路は牛にもたれて笛を吹く。馬も牛も笛の音に聞き入り、他の舎人たちにも、草を刈るのではなく笛を吹いてくれと頼まれるようになる。こうして、用明天皇が恋ゆえに吹く笛のことを草刈笛と呼ぶのであった。

様々な義経の笛伝承譚から『浄瑠璃御前物語』が「草刈笛」の名を選んだのも、このような用明天皇の草刈笛由来譚を背景にしているからであろう。『浄瑠璃御前物語』では義経と浄瑠璃御前とを笛が引き合わせる。「草刈笛」は、用明天皇の草刈笛がそうであったように、恋を成就させる役割を担って登場している。

「たいとう丸」を吹く義経
（御伽草子『御曹子島渡』（渋川版））

誓願寺

浄瑠璃御前、更科、冷泉の三人の墓がある。義経、浄瑠璃御前の木像、また義経が浄瑠璃御前に送ったとされる笛「薄墨」が残る。

「紫石伝説の地」石碑

身を投げた姫の深い悲しみと想いを父兼高が託した「紫石」の埋まった地とある。

交通：名鉄名古屋本線矢作橋駅から徒歩6分。

成就院

浄瑠璃御前の侍女であった十五夜が尼となり、浄瑠璃御前を弔うために建立したとされる寺院。浄瑠璃御前が身を投げたとされる浄瑠璃淵がある。

交通：名鉄名古屋本線東岡崎駅から徒歩8分。

浄瑠璃寺

本尊は兼高長者が浄瑠璃御前の守本尊として授けた薬師如来坐像。慶長十七年の義経画像と慶安三年の浄瑠璃御前画像が残る。

交通：名鉄名古屋本線東岡崎駅から徒歩16分。

浄瑠璃寺

浄瑠璃淵

紫石伝説の石碑

【本文を読みたい人に】

古浄瑠璃…信多純一・阪口弘之 校注『古浄瑠璃 説経集』（岩波書店・新日本古典文学大系、一九九九年）

御伽草子…松本隆信 校注『御伽草子集』（新潮社・新潮日本古典集成、一九八〇年）

【もっと詳しく知りたい人に】

信多純一『浄瑠璃御前物語の研究』（岩波書店、二〇〇八年）

辻惟雄・坂田泉・信多純一 解説『絵巻上瑠璃 津山藩松平家伝来（岩佐又兵衛工房）』（京都書院、一九七七年）

石田茂作『浄瑠璃姫の古蹟と伝説』（至文堂、一九六九年）

第十三講

伊良湖岬

『笈の小文』

『尾張名所図会』巻一「芭蕉翁の古事」

◆伊良湖岬《イラゴミサキ》◆　田原市伊良湖町

渥美半島の突端に位置する岬。歌枕。『万葉集』巻一に麻続王《おみのおおきみ》（麻績王）の流謫した地として初出（コラム参照）。同書には「伊良虞の島」とあるが、後年の和歌では「玉藻刈るいらごが崎の岩根松いく代までにか年の経ぬらん」（『千載集』雑上・一〇四四・藤原顕季）のごとく、「いらごが崎」の形をとることが多い。

この地は渡り鳥の中継地点となっており、なかでも秋の鷹の渡りは、西行の和歌「巣鷹渡るいらごが崎をうたがひてなほ木にかへる山がへりかな」（『山家集』雑）に詠まれて著名である。また、古来、伊勢湾を通じた海運が盛んであり、『古今著聞集』巻十二には、三河国から熊野社へと米を運ぶ船が「いらごのわたり」で海賊に襲われ、正上座行快がそれを撃退する話が載る。伊勢国神島との間に横たわる伊良湖水道（通称「伊良湖渡合」）は海上交通の難所であり、田原藩士で文人画家の渡辺崋山（一七九三〜一八四一）は、その様子を「白波の争ふさま白龍のむれおどるがごとく、いとおどろ〳〵しきありさまなり」（『参海雑志』）と記している。

江戸時代中期には、松尾芭蕉（一六四四〜一六九四）が、この地に隠棲した愛弟、杜国（?〜一六九〇）を訪ね、以後、芭蕉ゆかりの俳蹟として、しばしば文人の訪れるところとなる。江戸時代後期には漁夫歌人・糟谷磯丸《かすやいそまる》（一七六四〜一八四八）を輩出した。

『笈の小文』鳴海〜伊良湖〜名古屋

作品概説

俳諧紀行文。芭蕉著。乙州編。宝永六年（一七〇九）刊。芭蕉が「笈のこぶみ」と名付けて所持した草稿を門人の乙州が譲り受け、芭蕉没後に編集刊行したもの。貞享四年（一六八七）十月に江戸を出発、西上して鳴海に滞在後、伊良湖・熱田・名古屋を経て故郷伊賀で越年。翌春は伊勢参詣の後、吉野、高野山等を巡り、同年夏、須磨・明石に至る。「風雅論」として名高い序文や紀行文論を備え、俳文としてはもちろん、芭蕉の俳諧観を知る上でも重要な作品である。

場面概説

江戸発足の描写に後続する部分。「道の記」論に続き、鳴海・吉田・伊良湖・熱田・名古屋を経て、伊賀上野へ発つまでを取り上げる。江戸と鳴海との間の道程は描かれず、鳴海以降、本格的な紀行文が展開する。

抑、道の日記《紀行文》といふものは、紀氏・長明・阿仏の尼《紀貫之・鴨長明・阿仏尼》の、文をふるひ、情を《旅情を》尽してより《述べ尽くして以来、そのほかの紀行文は》、余は皆俤似かよひて、其糟粕を改る事あたはず。まして浅智短才の筆に及べくもあらず。其日は雨降、昼より晴て、そこに松有、かしこに何と云川流れたりなどいふ事、たれ〳〵もいふべく覚侍れども、黄哥《(奇)》蘇新のたぐひにあらずば云事なかれ《安易に書いてはならない》。されども其所〳〵の風景心に残り、山館・野亭《山中の宿や野中の家》のくるしき愁も且はなしの種となり、風雲の便りともおもひなして、わ

紀氏・長明・阿仏の尼…『土佐日記』、『東関紀行』『海道記』（両書は当時長明作と考えられていた）、『十六夜日記』の作者。

黄哥《(奇)》蘇新…黄山谷の詩の奇抜さ、蘇東坡の詩の斬新さ。『詩人玉屑』に「蘇子瞻以新、黄魯直以奇」。

山館・野亭…『東関紀行』

すれぬ所〳〵、跡や先やと《前後も構わず》書集侍るぞ、猶酔ル者の猛語にひとしく、いねる人の譫言する《たわごとを言う》たぐひに見なして人又亡聴せよ《聞き流して欲しい》。

鳴海にとまりて

星崎の闇を見よとや啼千鳥

飛鳥井雅章公の此宿にとまらせ給ひて、「都も遠くなるみがたはるけき海を中にへだてゝ」と詠じ給ひけるを、自らかゝせたまひて、たまはりける《(その詠草を)くださった》よしをかたるに、

京まではまだ半空や雪の雲

三川の国保美といふ処に、杜国がしのびて有ける《隠棲していたのを》をとぶらはむと、まづ越

「或は山館野亭の夜の泊」に倣う。芭蕉の俳文「紙衾記」（元禄二年）にも「山館野亭の枕の上」とある。

猛語…妄語か。『荘子』斉物論「孟浪之言」によるか。

亡聴…妄聴か。『荘子』斉物論「予嘗為汝妄言之、女以妄聴之」によるか。

鳴海にとまりて…鳴海の門人、下里知足亭に宿泊。『下里知足日記』貞享四年十一月四日条「松尾桃青老、江戸より御越、御泊り」。

星崎…現名古屋市南区。歌枕。鳴海一帯にかけ千鳥の名所。

飛鳥井雅章…近世前期の公卿。堂上歌人の代表的存在。一六一一～一六七九。

都も遠く…『飛鳥井雅章詠歌集』（伊達文庫蔵）によ

人に消息して、鳴海より跡ざまに《（もと来た東海道を）後ろに》二十五里尋かへりて、其夜吉田に泊る。

寒けれど二人寝る夜ぞ頼もしき

あま津縄手、田の中に細道ありて、海より吹上る風いと寒き所也。

冬の日や馬上に氷る影法師

保美村より伊良古崎へ壹里斗も有べし。三河の国の地つゞきにて、伊勢とは海へだてたる所なれども、いかなる故にか万葉集には伊勢の名所の内に撰入られたり。此洲崎にて碁石を拾ふ。世にいらご白といふとかや。骨山と云は鷹を打処《鷹を捕らえる所》なり。南の海のはてにて、鷹のはじめて渡る所といへり。いらご鷹など歌にもよめりけりとおもへば、猶あはれなる折ふし、

れば寛文二年東下時の作。初句「けふは猶」。

保美…現田原市保美町。

杜国…坪井杜国。芭蕉の門人。名古屋の富商であったが、貞享二年、空米売買の罪により尾張領内を追放され、伊良湖に隠棲した。

越人…越智越人（一六五六～享保末年頃）。名古屋の俳人。蕉門十哲の一人。

吉田…東海道の宿駅。現豊橋市。

あま津縄手…渥美半島西岸の天津（現豊橋市杉山町）のあぜ道。冬は北西からの季節風が吹き付ける。

万葉集には…『万葉集』巻一「麻続王の伊勢国の伊良虞の島に流されし時に」（二三番歌詞書）。『八雲御抄』等にも踏襲される。

鷹一つ見付てうれしいらご崎

熱田御修覆

磨なをす鏡も清し雪の花

蓬左の人々にむかひとられてしばらく休息する程、

箱根こす人も有らし今朝の雪

有人の会

ためつけて《(紙子を)矯め直して》雪見にまかるかみこ哉

いらご白…伊良湖辺で産出する白碁石に用いる貝。『毛吹草』四、三河の名物に「伊羅期碁石貝」。

骨山…現田原市日出町骨山。太平洋に南面する断崖上にある。伊良湖岬西端の古山（同市伊良湖町。小山、小山崎とも）とする説もある。『伊良虞名所記』（元禄六年）は「小山崎」とは別に「骨山」を立項する。

いらご鷹…前掲西行歌（場所の解説参照）のほか、「ひきすゑよいらごの鷹の山がへりまだ日はたかし心空なり」（『壬二集』）など。

熱田御修覆…貞享四年四月に着工、同年七月に落成。

磨なをす…熱田の桐葉と巻いた両吟歌仙の発句（寛政元年刊『浅草』）。

いざ行む雪見にころぶ所まで

ある人興行

香を探る梅に蔵見る軒端哉

此間美濃・大垣・岐阜のすきもの《俳諧愛好者》とぶらひ来りて、歌仙あるは一折など度々に及。師走十日余、名ごやを出て旧里《伊賀国上野》に入んとす。

旅寝してみしやうき世の煤はらひ

（富士見書房『校本芭蕉全集　第六巻　紀行・日記篇　俳文篇』による）

蓬左…「蓬莱宮」（熱田社の異称）の左（西）側、熱田・名古屋一帯を指す。
箱根こす…『如行子』に「（十二月）四日はみのやの聴雪にとゞめらるゝ、その夜の会」と前書して、当該句を発句とする歌仙を収録。
ためつけて…『如行子』に「同（十一月）二十八日名古や昌碧会」と前書。
香を探る…『笈日記』に前書「防川亭」。
歌仙…一巻三六句から成る連句。懐紙二枚を用いる。
一折…一巻十八句から成る半歌仙。懐紙一枚を用いる。
煤はらひ…煤掃。近世は十二月十三日に行うのが慣例。

伊良湖の風土と杜国

遠き代の物語の中に辿り入らんとならば、三河の伊良湖岬《いらござき》に増したる処は無かるべし――若き日にこの地に滞在した柳田国男が「遊海島記」で述べるように、伊良湖は記紀万葉の昔より文学の舞台であった。古くは天武天皇の頃、麻続王《おみのおおきみ》（麻績王）が配流された土地として知られ、『万葉集』巻一には、次のような和歌が収められる。

打麻を麻続王海人なれや伊良虞の島の玉藻刈ります　（二三番歌）

うつせみの命を惜しみ波に濡れ伊良虞の島の玉藻刈り食む　（二四番歌）

前者は、辺境の地で海人の如く藻を刈る王に同情を寄せる歌、後者は麻続王がこれに答え、藻を糧として露命をつなぐ自らの不遇を嘆く歌である。貴種流離譚の一とされるこの伝説は、伊良湖のイメージの基底をなしており、罪を得てこの地に退居した杜国にも、その俤が重ねられている。

名古屋から伊良湖に移住した杜国が、望郷の思いを、

春ながら名古屋にも似ぬ空の色　杜国　（『みつのかほ』）

と詠ずるように、渥美半島の風土は、都市部のそれとは大きく異なる。とりわけ、強風の吹き付ける冬の寒さは厳しく、杜国はその情景を、

冬あれや砂吹あぐる花の波　閑人野仁　（『如行子』）

と表現する（野仁は杜国の別号）。当地の冬の過酷さは『笈の小文』の本文にも殊更に描き込まれ、流謫の地としての伊良湖の印象を際立たせている。

渥美半島の土壌は、もともと稲作に不向きな痩せた土地であった。慢性的な水不足に加え、強風や塩害も多いこの地が、現在のような農業地帯となるのは、用水の整備された戦後のことである。麻続王の逸話を彷彿とさせるような、こうした物質的な乏しさは、富裕な米商であった杜国にとっては殊に身に染みるものであったろう。

そのような環境に身を置く杜国に、芭蕉は次のような句を詠みかけている。

麦はえてよき隠家や畠村　（『笈日記』）

畠村は杜国が最初に移り住んだ土地で、保美村の隣村にあたる。麦は伝統的に世を遁れた隠者の糧とされる寂びた穀物で、本句は麦の生える杜国の居所を、風流隠士に相応しい隠れ家であると詠う。不遇に耐える愛弟子の現状を肯定的に捉え、いたわり励ますそうとしたのである。

杜国は元禄三年（一六九〇）に保美で没し、遺言により畠村西郊に埋葬された。延享元年（一七四四）、伊良湖の俳人らによって建てられた墓碑は、潮音寺（現田原市福江町）に現存する。

杜国墓碑と芭蕉・越人・野仁（杜国）
三吟句碑（潮音寺）

芭蕉紀行文の歩き方

紀行文は実際の旅を素材として練り上げられた文学作品であり、単なる旅の記録ではない。したがって、本文のみから旅の隈々に思いを馳せるのは、時に困難である。

芭蕉の紀行文もその例外ではないが、幸運なことに、他の作者に比べ、旅の実態を伝える周辺資料が豊富に残されている。これらは現実の旅と作品との関係性を吟味することを可能にし、しばしば読解の手掛かりをも与えてくれる。以下、前掲『笈の小文』本文中の発句を取り上げ、その背景を探ってみたい。

紀行文に鏤められた発句は、旅中で巻かれた連句の巻頭句であることが多い。たとえば、本文前半の「星崎の闇を見よとや啼千鳥」「京まではまだ半空や雪の雲」は、ともに鳴海連衆が芭蕉を迎えて興行した歌仙の発句であり、『千鳥掛』（正徳二年〈一七一二〉序刊）にその全文が収録される。脇は前者が安信、後者が業言で、俳席の主催者が知られる。

日程については『下里知足日記』十一月五日条に「伊右（業言）ニて俳諧興行有」、同七日条に「子ごや（根古屋町）加右（安信）ニて俳諧有。桃青老参会」とあり、『如行子』（貞享四年〈一六八七〉奥）に「十一月五日、鳴海寺島氏業言に飛鳥井亜相の御詠草のかゝり侍りし歌を和す」の前書が見える。よって「京までは」句は芭蕉来鳴翌日の十一月五日、「星崎の」句は、その二日後の詠であり、『笈の小

文』の句の順序が、必ずしも実際の成立順に即していないことが知られる。本書は乙州の編で、配列に芭蕉の意図を見るのはやや難しいが、紀行本文を殊更に現実と違える事例自体は、芭蕉作品において珍しくない。

後半の「いざ行む雪見にころぶ所まで」は、『笈の小文』本文には前書がなく、句意を解しにくいが、左掲の自筆懐紙が伝わり、読解の参考になる。

書林風月とき丶し其名もやさしく覚えて、しばし立寄てやすらふ程に、雪の降出ければ、

いざ出むゆきみにころぶ所まで　はせを

丁卯（貞享四年）臘月初　夕道何がしに送る

「書林風月」は名古屋本町の老舗書肆・風月堂で、夕道はその初代。右は芭蕉が風月堂を訪れた際に夕道に贈ったものである。注意すべきは上五の異同で、初案は「いざ出む」であったのを「いざ行む」へと推敲したことがここから知られる。

最後の「旅寝してみしやうき世の煤はらひ」は、同年十二月十三日付の杉風宛書簡に見える。

霜月五日《（ママ）》鳴海迄つき、五三日之中、いがへと存候へ共、ミや・なごやよりなるみまで、見舞あるハ飛脚音信さしつどひ、わりなくなごや（へ）引越候而、師走十三日、煤はきの日まで罷有候。色々馳走不浅、岐阜・大垣などの宗匠共も尋見舞候。（中略）

旅寝してみしやうきよのす丶払

東海地方の俳人から歓待を受けて出発が遅延したことを報じつつ、煤払当日に相応しい発句を伝える本書簡は、紀行本文の行間に潜む光景を鮮やかに浮かび上がらせる。

このように、芭蕉の紀行文は、周辺資料を参照することで、芭蕉が現実の旅で何を体感し、それをいかに文学作品へと昇華したのかを味わうことができる。そして、そうした読み方を可能にする、異様なまでの資料の残存状況は、そのまま芭蕉の文学史上の特異性をも物語っているのである。

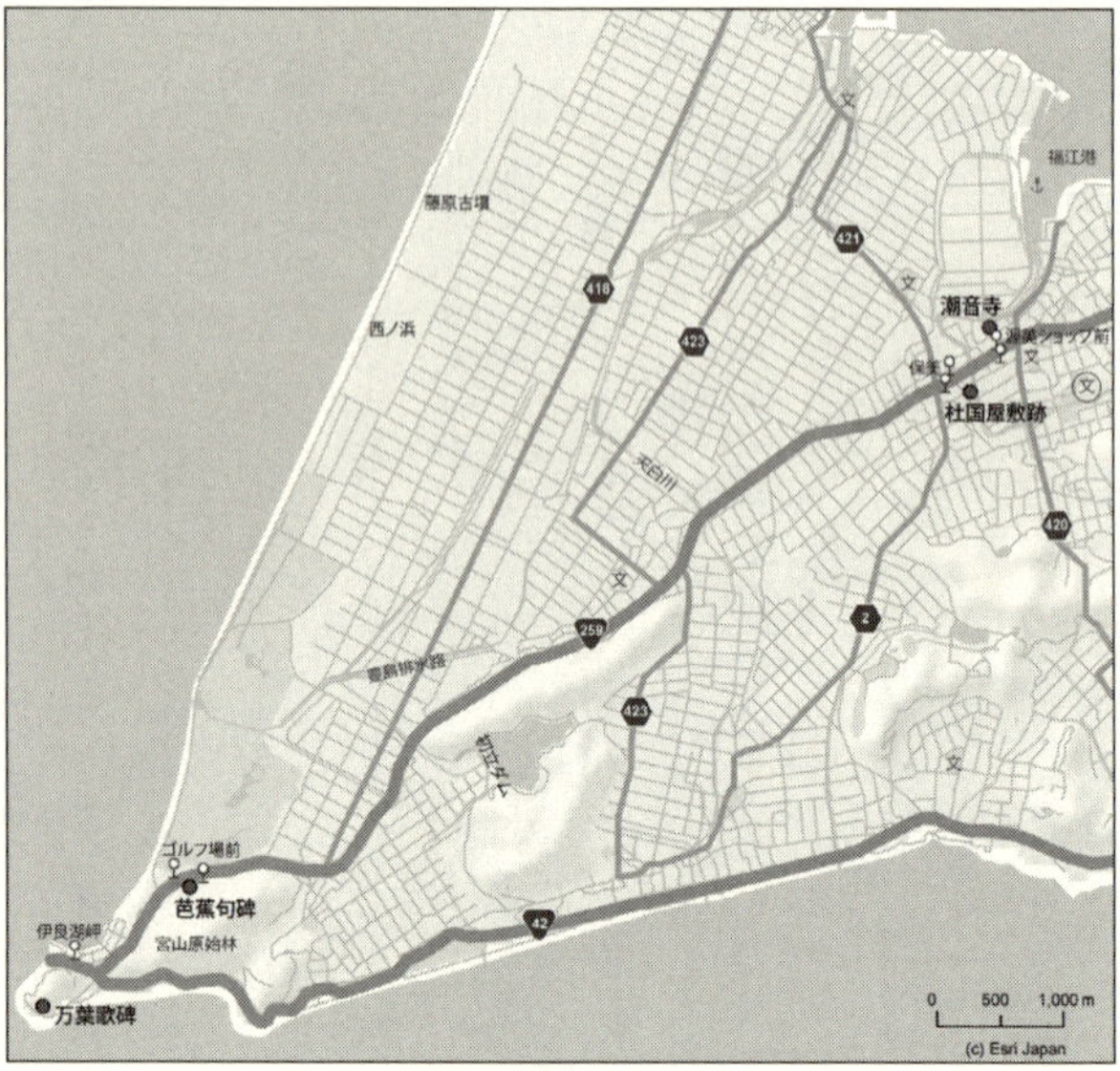

芭蕉句碑

「鷹一つ」句碑。芭蕉没後百年の記念として寛政五年（一七九三）に建立された碑と、昭和五八年（一九八三）建立の碑とがある。

交通：豊鉄バス伊良湖本線ゴルフ場前下車、徒歩1分。

万葉歌碑

伊良湖岬灯台後方の丘上にある。田原市出身の書家、鈴木翠軒（一八八九〜一九七六）が揮毫。

交通：豊鉄バス伊良湖本線伊良湖岬下車、徒歩15分。

杜国屋敷跡

杜国隠棲地の跡。杜国の「春ながら」句碑がある。

交通：豊鉄バス伊良湖本線保美下車、徒歩3分。

潮音寺

杜国の墓碑と芭蕉・越人・野仁（杜国）「麦はえて」三吟の句碑がある。

交通：豊鉄バス伊良湖本線渥美ショップ前下車、徒歩5分。

伊良湖岬と太平洋とを望む

伊良湖岬に飛来する鷹（写真はオオタカの幼鳥）

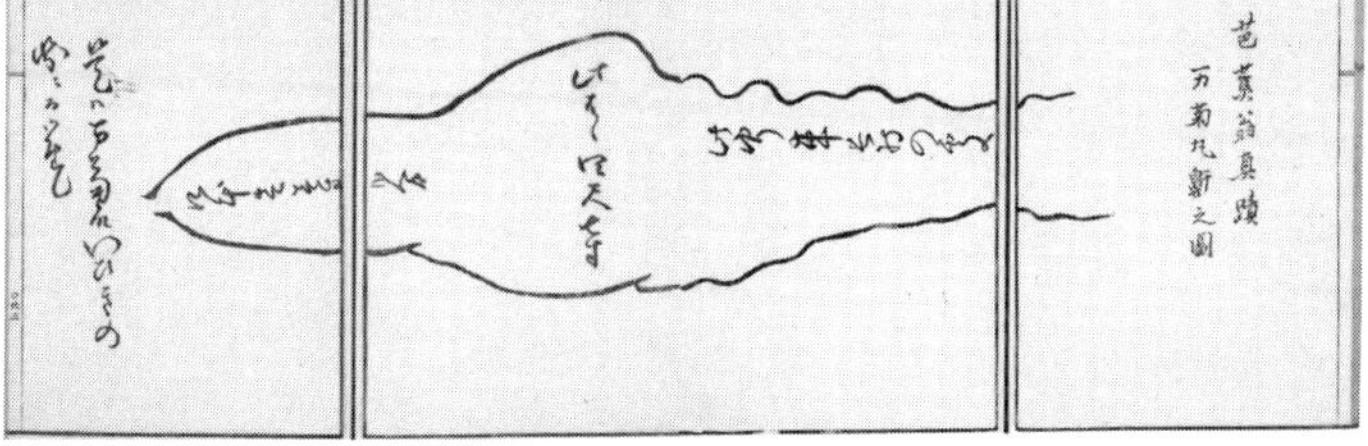

芭蕉自筆「万菊丸（杜国）鼾《いびき》之図」模刻

【本文を読みたい人に】

井本農一・弥吉菅一・横沢三郎・尾形仂 校注『校本芭蕉全集 第六巻 紀行・日記篇 俳文篇』(富士見書房、一九八九年)

杉浦正一郎・宮本三郎・荻野清 校注『芭蕉文集』(岩波書店・日本古典文学大系、一九五九年)

井本農一・久富哲雄・村松友次・堀切実 校注・訳『松尾芭蕉集②』(小学館・新編日本古典文学全集、一九九七年)

上野洋三 編『現代語訳付 笈の小文・更科紀行・嵯峨日記』(和泉書院、二〇〇八年)

大安隆・小林孔・松本節子・馬岡裕子『笈の小文の研究 評釈と資料』(和泉書院、二〇一九年)

【もっと詳しく知りたい人に】

佐藤勝明 編『21世紀日本文学ガイドブック⑤松尾芭蕉』(ひつじ書房、二〇一一年)

堀切実・田中善信・佐藤勝明 編『諸注評釈新芭蕉俳句大成』(明治書院、二〇一四年)

大礒義雄『芭蕉と蕉門俳人』(八木書店、一九九七年)

第十四講

清洲『絵本太閤記』

『尾張名所図会』後編巻三「清洲城墟」

◆清洲《キヨス》◆　愛知県清須市

清洲（須）は尾張平野の中心に位置し、古東海道（鎌倉街道）と伊勢街道の分岐点にあたる要衝の地である。尾張の守護代織田敏定が文明十年（一四七八）頃、尾張の守護所をここに遷して以降、慶長末年に清洲城および城下が名古屋に遷されるまで、約一五〇年間、尾張の中心地として栄えた。正徹は、『なぐさめ草』によれば、応永二五年（一四一八）に、この清洲に数ヶ月滞在して「更《ふけ》にけりなかるゝ月も川波もきよすにすめる短夜の空」と詠んだ。この時は守護所移転以前だが、「やぐらあり。鹿垣あり。暫つはもののいくさをふせぎ、白浪のそれをあらせじとなり」ともあって、清洲城の原型は、この頃にはすでにあったかと思われる。

その後、織田信長、織田信雄、豊臣秀次、福島正則らが清洲城に入ったが、徳川義直の時代にいわゆる「清洲越し」が行われることとなる。清洲は上述の通り、交通の要所ではあったが、水害に弱く、しばしば五条川の氾濫に見舞われたことや防衛上の問題があることから、徳川家康の命により、慶長十四年（一六〇九）、現在でいう名古屋台地の上に、新たに城を築き、新しい都市を開発することとなった。これがいわゆる「清洲越し」である。翌年、西国諸大名の助役による天下普請で、名古屋城の築城が開始され、同年九月には、城下の武家・寺社・町家の移転が始まり、およそ慶長十九年（一六一四）までにはおよそ完了していたという。住民・建物が移築されたのみならず、清洲で使用されていた約五十もの町名までが移転され、まさに城と城下町の全てが名古屋へ移転した。例えば、名古屋市の堀川にかかる五条橋の名もその一つである。現在も名古屋各所の名称に往時の清洲を偲ぶことができる。

『絵本太閤記』四篇巻之九「織田家旧臣等御遺跡評定」

作品概説

江戸時代の読本。文：武内確斎、絵：岡田玉山。全七編八四冊。寛政九年（一七九七）初編刊行、以降五年間にわたって刊行された。本書の影響は大きく、浄瑠璃『絵本太功記』（寛政十一年七月初演）が上演されたほか、本書の挿絵が多くの武者絵に構図を提供した。

場面概説

天正十年、織田信長は明智光秀に討たれ、嫡男信忠も死亡する。しかし、光秀は山崎の戦いで秀吉に討たれ、織田家後継者及び遺領の配分決定を目的に、尾張国清洲城に織田家家臣が集まった。

然るに今年六月二日、前田玄以《まえだげんい》法印、信忠卿の遺命を蒙り、京都を遁《のが》れ岐阜に到り、幼君三法師《さんぼうし》并に御簾中を誘《いざな》ひ《信忠の幼い子三法師と信忠の妻を導いて》、清洲の城に移らせ奉り、是《これ》岐阜の城は、中将の御居城なるを以て《信忠の居城という理由で》、光秀より討手の向はん事を恐れてなり。然るに羽柴筑前守秀吉、西国より馳登り、逆臣惟任《これたふ》光秀を山崎の一戦に亡し、直《すぐ》に京都の仕置《しおき》を令《れい》し《すぐに京都の処置を命じて》、亡君右大臣の御遺跡を定めんと《信長のあとつぎを決めようと》、三法師のおはします清洲の城に参向有り。北畠中将信雄卿も、右大臣の御台所、蒲生右兵衛太夫秀賢と倶《とも》に来り給ひ、父兄の御跡目、天下の武将に備はるべきは我なるら《自分であろう》

前田玄以法印…織田信忠に仕えていた織田家家臣。本能寺の変の際は信忠とともに二条御所にいた。僧侶でもあった。

信忠卿（中将）…織田信長の嫡男。本能寺の変で討死した。

三法師…織田信忠の嫡男で、信長の嫡孫にあたる。のちの秀信。

んと思《おぼ》しける《とお思いになっていたところ》に、又三男神戸《かんべ》侍従信孝《のぶたか》卿は、山崎表にて弔《とぶらい》合戦をいとなみ、右大臣御父子の追福に備へたれば《追善供養を果たしたので》、信長公の遺跡相続せんは我なるべしと、是《これ》も急いで清洲に参じ給ふ。其外《そのほか》織田の旧臣柴田匠作勝家、池田勝入斉《しょうにゅうさい》信輝、惟住《これずみ》五郎左衛門長秀、外様の諸侯は筒井順慶、細川刑部太輔、中川瀬兵衛、高山右近、塩川伯耆守等《ら》を始めとし、［略］右大臣家御家督の事は《織田家の跡継ぎについては》、天下一統の武主と仰ぎ奉る御事なれば、正道に著《つき》沙汰有るべき《正しい道理に基づいて決定するべく》旨《むね》、様々評定《ひょうじょう》有けれ共《ども》、群談区々《まちまち》にして一決《いっけつ》せず。［略］其中にも銘々所存有て、柴田、滝川等、信孝卿を立て武将とせんと計り、蒲生、池田等は、信雄卿を遺跡に著《つけ》んといふ。抑《そもそも》柴田匠作勝家は、故右大臣には妹婿にして、且《かつ》累代の重臣なれば、老功といひ、織田家に於《おひ》て、其右《みぎ》に出づる者更《さら》になし。然るに、北国は道遠く、此度《このたび》光秀誅伐の合戦に後《おく》れ、筑州秀吉主敵《しゅてき》を亡し、威を万士《ばんし》の上に高くし、且《かつ》天下も併呑《へいどん》するの機あるを見て《そのまま天下をとるかのような気ざしがあるのを見て》、惟任光秀に続《つづい》て、織田家の叛臣、我家の蠱毒《こどく》は秀吉なるべき間、おのれ筑前守討亡《うちほろぼ》さで有るべきや

羽柴筑前守秀吉…豊臣秀吉。太閤記の主人公。

惟任光秀…明智光秀。本能寺の変で織田信長を討った。

山崎の一戦…天正十年（一五八二）六月、本能寺の変を知って毛利氏と和を結んだ秀吉が、山城国山崎（京都府乙訓郡大山崎町）で明智光秀を討った戦い。

北畠中将信雄卿…信長の次男。この後、賤ヶ岳の戦いにおいて、秀吉と対立した信孝を岐阜城に攻めて降伏させた。

蒲生右兵衛太夫秀賢…蒲生賢秀。本能寺の変に際し、安土城から信長の御台君達を日野城に避難させ、立て籠もった。

神戸侍従信孝卿…信長の三男。この後、賤ヶ岳の戦い

と、深く是を思慮しける。是に因《よっ》て、甥《をひ》加州金沢の城主佐久間玄蕃頭《げんばのかみ》盛政を密《ひそか》に招き、囁《ささや》きて申すやうは、「織田家幕下の諸士数多《あまた》なりといへ共、我《私に》に詞を返す者は《反論するものは》、独《ひと》り羽柴筑前守のみ。山崎の功《こう》を以て、威勢を諸士の上に震ひ、其行状《ふるまひ》尊大なり。羽柴が心腹、元来《もとより》我よく是を知れり、表に忠信仁義を錺《かざ》り、裡《うち》に大望を企て天下を掌握せんとする謀略、光秀に増《まさ》る事十倍なり。我苟《いやし》くも織田の旧臣、親戚の数につらなり、奸臣《かんしん》を亡し、先君の世業《せげふ》全《まつた》くせずんば、何を以て大老の任に当《あたら》んや。然《しかれ》ども今、故なくして彼を殺しなば、山崎の功を偏執して、罪なき秀吉を亡したりと《山崎合戦の功績にこだわって罪もない秀吉を殺したと》、諸士の思はんも口惜《くちをし》し。さればとて此儘《このまま》に捨て置《おか》ば、織田家の世業悉く秀吉に奪れ、其時いかに謀《はか》る《その時になってどう企ん》とも叶《かなふ》べからず《でも手遅れである》。我今忠心を先にし、私の意を後《のち》にし、諸人の論を厭《いと》はず《人々の異議も気にせず》、席上にて秀吉を殺さんとこそ覚悟を究《きは》めて候へ。然る上は、先君御家督評議の席において、秀吉を恥《はづか》しめん。渠《かれ》が怒《いか》るを待ちて、汝忽《たちま》ちに掴《つか》み殺し、我心を安くすべし」と。盛政委細畏《かしこま》り、「秀吉を殺さん事、鼠を殺すより

で秀吉に降伏し、尾張国知多郡野間の大御堂寺（野間大坊）に送られ、自害させられた。

柴田匠作勝家…織田家の重臣。太閤記ものでは、秀吉と対立する最大の悪役として描かれる。

池田勝入斉信輝…織田家の家臣、池田恒興。

惟住五郎左衛門長秀…織田家の家臣、丹羽長秀。

筒井順慶…明智光秀の推挙で織田家に仕えた縁から光秀と親しかった。本能寺の変後は、洞ケ峠に布陣して形勢を日和見し、秀吉優勢とみるやにわかに明智勢を襲って勝敗を決定づけたとする説もあるが、『絵本太閤記』では、主君の恩を尊重し、明智勢を偽ったこと

安く候。重ねての参会には必ず斬捨《きりすて》候はん」と、密談数剋《すこく》に及びけり。其翌日、又御跡目相続の儀を談ずべしとて、織田家大小の家臣、清洲の城に集り評議を成す時、柴田匠作異儀《いぎ》を改め申けるは、「先より申通り、当時戦国の時《今は戦国の世なので》、武将の御家督定まらずしては、一日も天下静なるべからず。今日の会合は、何《いづ》れにも御家督を相究むべきの間、新古貴賤を論ぜず《年齢や身分を気にせず》、各所存を申談じ、宜敷《よろしき》に附て議論有るべし。先《まづ》某《それがし》が所存は、神戸信孝殿を御世継に定むべし。其故は、信雄卿を兄《このかみ》とは称し奉れども、実は左にあらず《実はそうではない》。それは兎もあれ《それはともかく》、山崎の合戦《山崎の合戦で》逆臣光秀を亡し、先君の御憤りを散じ奉りしは《信長公の恨みを晴らしたのは》、是皆信孝卿の力なり。羽柴筑州自分の功とばし思はれそ《自分の功とお思いなされるな》。光秀、右大臣御父子を害し、人を懐《なづけ》ん為に、五畿内は云ふに及ばず。大小の諸侯、陪臣、下郎に到る迄、信《しん》を以て是を愛し、仁《じん》を以てよく恵《めぐ》む。爰《ここ》を以て人心皆光秀に服し、将《まさ》に天下を掌《たなごころ》に握《にぎら》んと欲す。然るに、羽柴筑州只一人上国し、弔合戦を営むとも、誰か同志して命を戦場の塵《ちり》と成さんや。先君の公達信孝卿、主将と成り給ふ

を評価している。

細川刑部太輔…『絵本太閤記』には「細川刑部太輔藤高」で登場するが、細川兵部大輔藤孝（のちの細川幽斎）のこと。光秀と近しい関係にあった（子の忠興の妻が光秀の三女の細川ガラシャ）が、本能寺の変後は断交したとされている（『絵本太閤記』三篇）。

中川瀬兵衛…中川清秀。本能寺の変後、高山右近とともに秀吉について、山崎の合戦に参戦した。

高山右近…キリシタン大名として有名。本能寺の変後、秀吉について、山崎の合戦に参戦した。

塩川伯耆守…塩川長満。秀吉とともに中国攻めから転じ、山崎の合戦に参戦した。

を以て、織田家恩顧の大小名命を捨て戦ひ、光秀を亡《ほろぼ》したるは、全く其功信孝卿一人にあり。然るに筑州、惣大将の職を奪ひ、主人の公達をさし置き自ら采《さい》を取て《自ら指揮をとり》、自分の功に備へし心底、甚不審《はなはだいぶかし》し。此事は御世継《よつぎ》定りし上、諸士一統の議論も有るべし。御家督に於ては信孝卿たるべし」と云ふ。羽柴筑前守此時席《せき》を進んで申されけるは、「大老の判断理《ことわり》なきにあらずといへども、天下の御遺跡は私の事にあらず、公道を以て論ずべき事なり。信雄卿、信孝卿御両君は、故右大臣御在世の時より、二男三男たるを以て、既に北畠、神戸の他家を相続し給へり。今信長公の嫡々《てきてき》、信忠卿の長男三法師君《ぎみ》、幼稚なりといへども爰《ここ》にまします間《ここにいらっしゃいますので》、御跡目の事に附ては、論ずるに及ばざる所《議論する必要もないことである》なり。其嫡孫を捨て、他家相続の信孝卿を御跡目に立《たて》ん事、理に的《あた》らざるにて候はんか」と、憚《はばか》りなく申されける。時に佐久間玄蕃頭進み出て、秀吉をはつたと白眼《にら》み、「新参の羽柴筑州、大老たる匠作に詞《ことば》をかへし、剰《あまつさ》へ理に当《あた》らずと誹謗《ひぼう》せるは、何事ぞや。其上、水上の泡に等しき幼君を御世継

佐久間玄蕃頭盛政…前田家の家臣佐久間盛政。太閤記ものでは一貫して小悪党的立場で描かれる。

兄とは称し奉れども…中略した箇所に「其翌年、又公達二人生れ給ふ。一人は信雄卿にして、是も信忠卿と同腹、生駒氏の女の生給ふ所なり。是によつて、家臣等崇敬して二男に相定めらる。今一人は坂氏の女の腹にて、信孝卿是なり。此母儀、凡下の人なるが故に、熱田の神司岡本某が宅にて出生し、信雄卿より二十余日も先達て生れ給へども、遥程経て、岡本が息太郎右衛門といふ者、清洲に参じて言上し、遅く聞し召れし故に三男と定めらるる。」とあり、本来なら信孝が兄

と定め、自分天下の権柄《けんぺい》を握り、北条時政が行ひを成んと謀《はか》るは、織田家の叛賊、遮《さへぎつ》て御跡目を支へなば、玄蕃頭計ふべき所存有り」と、鬼とも組《くま》ん佐久間盛政、掴挫《つかみひし》がん有様なれど、秀吉更に騒ぐ色なく、「こは思ひよらざる事を承る物かな。先に大老新古貴賤を論ぜず、志を申すべき旨《むね》仰せられ候故《ゆゑ》、其が所存を申出したるのみなるに、幼君を取立て、某《それがし》天下の権柄《けんぺい》を掌《たなごころ》にせんかとの疑念、甚《はなは》だ迷惑千万なり。［略］且又《かつまた》山崎の合戦においても、信孝卿をはじめ参《まゐら》せ、此座に在る諸士池田、中川、高山等、皆某を勧めて主将たらしむ。某再三辞すれども、衆人皆敢《あへ》て許さず。所詮今度の合戦、人々君父《くんぷ》の仇《あた》を報《むくう》る弔合《とぶらひ》戦なれば、速《すみやか》に討て、右大臣の御憤《いきどほり》を散ずるにあり。兎角《とかく》内談に日を費し、光秀五畿内《きない》を占め根元を堅くせば、容易に退治成し難し。二葉《ふたば》に爪を切ずんば、斧を用ゐるに至らん。爰を以て、諸士の詞に任せ、某《それがし》仮《かり》に主将と成り、急戦を催したり。独立せん志にあらず」と。佐久間玄蕃頭弥《いよいよ》怒り、「無礼なり秀吉、我を若年なりと侮り、過《くれ》

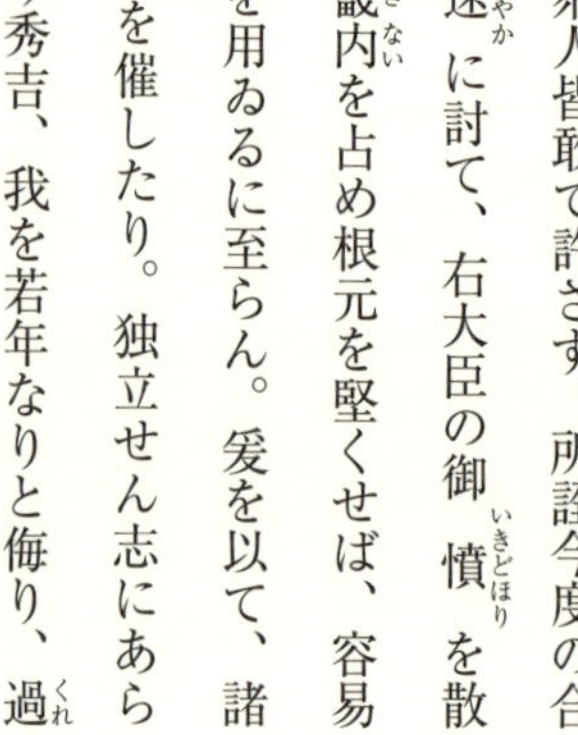
「坂氏の女、信孝を生む図」
『絵本太閤記』

だったことが示され、兄弟不和の原因として語られている。後掲関係系図参照。

北条時政…源頼朝の舅。頼朝亡き後、幼君を支えて実権を握った。

言《こん》をなせども、今の言《ことば》皆大老匠作への返答なり。匠作は故右大臣の親戚、汝が為に主人と同じ。不敬、失言宥《ゆる》しがたし」と、刀追取《おっとり》立上るを、一座に並居《なみい》る池田、惟住、中川、高山、前田、筒井、両人の中を押隔て、中にも筒井順慶は老巧の武者、怒る佐久間を押宥《おしなだ》め、「畢竟《ひっきゃう》今日の会合は、相互に忠心を磨き、織田家相続を計《はか》るにあり。大臣の面々、争論に身命を果《はた》し候はん《争いごとで命を落とすようなことは》は、全く先君へ不忠にてこれ有るべし。つら〳〵愚意《ぐい》を以て案ずるに、信雄殿、信孝卿、日頃其中睦《むつまじ》からず。今両人の内、いづれを世継に定めたりとも、必ず乱を生じて、当家長久の計《はかりごと》にあらじ。幼君三法師殿を御跡目と定め、信雄、信孝両卿を以て後見と成し、柴田匠作、池田勝入、惟住長秀、羽柴秀吉の四人、大老職を司り、天下の政務大小事《なにごと》によらず相談《あひだん》じ、宜《よろしき》に附《つき》て執《とり》行ひ給はば、将《まさ》に天下平定し、織田の家、金石よりも固かるべし」。爰において、一座の諸将一同に尤《もっとも》と同《どう》じ、此儀に決定《けつぢゃう》したりける。

（有朋堂文庫『絵本太閤記　中』による）

「三七君の御誕生を信長公に言上の図」『絵本太閤記』

故右大臣の親戚…柴田勝家の正室お市の方は織田信長の妹にあたる。

「佐久間玄蕃秀吉を拒む図」『絵本太閤記』

太閤記と清洲会議

歴史小説、映画、ドラマで有名な「清洲（須）会議」。しかし、数ある豊臣秀吉の一代記〝太閤記〟諸作品のうち大村由己『天正記』、太田牛一『大かうさまくんきのうち』、小瀬甫庵『太閤記』などでは、明智光秀に打たれた織田信長の後継者は、すぐに三法師に決定したものとされ、この会議は大きく扱われてはいない。

清洲での後継者決定会議を詳細に記すようになるのは、川角三郎右衛門の聞書という『川角太閤記』からで、それ以降、山崎の戦いで戦功をあげた秀吉と、それに参加しなかったものの織田家筆頭家老格であった柴田勝家との勢力争いの象徴的挿話として描かれていくようになる。

江戸時代に最も流布した『絵本太閤記』では、柴田勝家と佐久間盛政の謀略がさらに詳しく描かれているが、これは、先行する実録軍談『太閤真顕記』の構想を引き継いだものである。

太閤記物講釈に基づく『太閤真顕記』は、秀吉と勝家との軋轢を、その出会いの場面から強調して描いており、最終的にその相克を賤ヶ岳の戦い（勝家と秀吉間の合戦）へとつなげていく。そして、その因縁の争いの中に、この清洲会議を位置付けるべく、勝家・盛政主従の陰謀とそれを切り抜ける秀吉の姿を中心に描いている。『絵本太閤記』はその位置づけをさらに推し進め、英雄秀吉、悪役勝家・盛政という構図を定着させた。

また、この清洲会議に関連する図象として、束帯を着した秀吉が三法師を担ぎ上げる挿絵がつとに有名である。これは『絵本太閤記』四篇冒頭に掲げられたものである。

これは実は、『絵本太閤記』の中では清洲会議とは別の信長の葬礼の場面の図である。しかし、これも、もともとは『川角太閤記』の清洲会議関連の場面に由来する。『川角太閤記』には、清洲会議直後の三法師の家督相続の賀儀の際に、おもちゃを与えて幼い三法師を手なづけていた秀吉が三法師を抱いて上座に着き、あたかも諸大名たちが秀吉に拝礼したかのようになる、という場面がある。この場面が『太閤真顕記』においては、清洲会議のあと、大徳寺において行われた信長の葬礼での焼香順をめぐる争いの場面に利用され、大きく取り扱われるようになるのである。

『絵本太閤記』四篇巻一巻頭

そして、『絵本太閤記』もそれを承け、勝家が信雄、信孝に先に焼香をさせ、それに自らが続いて権威を示そうとした、まさにその時、秀吉が三法師を抱いて現れて、大音声で一喝する、という場面を描き出している。秀吉の天下取りが印象的に示される重要場面といえ、その情景を描いたのが先の挿絵なのである。

本能寺の変から清洲会議を経て、その後の秀吉の天下統一に至る一連の推移のなかで、どこに劇的転回の瞬間を見いだすのか。〝太閤記〟諸作品がそれぞれに工夫を行いながら、秀吉の権威創出の場面を成長させていったことがわかる。

清洲城

清須市朝日城屋敷にある。模擬天守であり、過去の様子を再現したものではないが、館内で清洲会議に関わる様々な展示を見ることができる。

清洲古城跡

五条川を挟み、現在の清洲城の対岸にある。幕末の清洲城跡顕彰碑二基と信長を祠る小社がある。

清洲公園

五条川を挟み、現在の清洲城の対岸にある。「桶狭間の戦い」に出陣する姿を模した織田信長の銅像と濃姫の銅像がある。

交通：名鉄名古屋本線新清洲駅から徒歩15分。
ＪＲ東海道本線清洲駅から徒歩15分。

現在の清洲城

五條橋（名古屋市中区）

【関係系図】

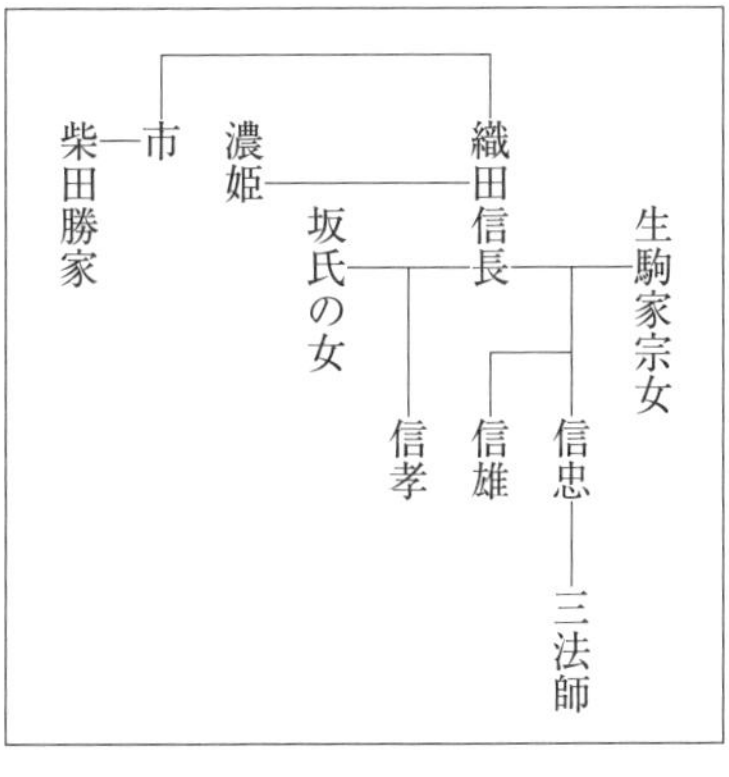

【本文を読みたい人に】

太田牛一『太閤さま軍記のうち』…桑田忠親 校注『戦国史料叢書 第11 太閤史料集』(人物往来社、一九六五年)

小瀬甫庵『太閤記』…檜垣昭彦・江本裕 校注『太閤記』(岩波書店・新日本古典文学大系、一九九六年)

川角三郎右衛門『川角太平記』…桑田忠親 校注『戦国史料叢書 第11 太閤史料集』(人物往来社、一九六五年)

『絵本太閤記』…塚本哲三 校訂『絵本太閤記 上~下』(有朋堂・有朋堂文庫、一九二七年)

【もっと詳しく知りたい人に】

小和田哲男『誰も書かなかった 清須会議の謎』(中経の文庫、二〇一三年)

堀新・井上泰至『秀吉の虚像と実像』(笠間書院、二〇一六年)

浜田啓介「『絵本太閤記』と『太閤真顕記』」『近世文学 伝達と様式に関する私見』(京都大学学術出版会、二〇一〇年)

第十五講

有松・鳴海・笠寺

『東海道中膝栗毛』

『尾張名所図会』巻五「鳴海潟古覧」

◆有松《アリマツ》◆　名古屋市緑区有松

慶長十三年（一六〇八）、鳴海宿と池鯉鮒宿との間に開かれた村。開村間もなく絞り染めの技術が伝えられ、有松絞り（鳴海絞りとも）はこの地の特産品となる。其角・嵐雪一座の連句に「鼻息にちる空焼の灰　万巻／有松の手拭ひとつ貰けり　神叔」（元禄六年〈一六九三〉刊『萩の露』）の句が見え、『東海道名所図会』（寛政九年〈一七九七〉刊）三に「名産有松絞（中略）細き木綿を風流に絞りて紅藍に染て商ふ也。此市店十余軒あり。旅行の人及び諸国へ商ふ」とあるように、街道の土産物とされた。近世後期には、尾張藩が有松の絞商を保護したことで町はいっそう栄え、慶応三年（一八六七）に当地を訪れたアーネスト・サトウは「この町の家屋の多くは普通以上にがっしり作られていたが、それは製産品のおかげで土地が繁昌している証拠であった」（『日本における一外交官』）と書き残している。

◆鳴海《ナルミ》◆　名古屋市緑区鳴海町

歌枕。現在は陸地であるが、中世以前は入江をなしており、「鳴海潟沖にむれゐるあぢむらのすだく羽風のさわぐなるかな」（『堀河百首』水鳥・藤原仲実）のごとく、海辺の光景を詠むのが常である。一方、「古郷にかはらざりけり鈴虫の鳴海の野辺の夕暮れの声」（『詞花集』秋・一二一・橘為仲）のように、野辺の景とともに旅愁を詠う例もしばしば見られ、これは鳴海が古来、東西交通の主要経路に位置したことによるものと思われる（コラム参照）。中世には鎌倉街道の経路となったために文学作品に頻出し、『海道記』『十六夜日記』などの紀行文、『義経記』などの軍記物語、幸若舞曲『景清』や説経節

『小栗』の道行文の中にも鳴海の地名が織り込まれる。また、鳴海城は、桶狭間の合戦時、今川方の要害であった（『信長公記』巻首）。

慶長六年（一六〇一）、徳川家康は開幕に先だって東海道の整備に着手した。東海道には五十三の宿駅が定められ、宮宿と池鯉鮒宿との間に鳴海宿が開かれる。中心地である作町・本町・根古屋町には旅籠や本陣が集中し、近世を通じて様々な文化人が訪れた。殊に松尾芭蕉はこの地と縁が深い。

◆笠寺《カサデラ》◆　名古屋市南区

笠寺は、真言宗の寺院、天林山笠覆寺（笠寺観音）の通称で、その付近一帯を指す地名。鳴海宿と宮宿との間に位置する。本尊の十一面観音菩薩立像は、頭に笠を着している。竜泉寺・甚目寺・観音寺とともに尾張四観音の一つ。笠寺の縁起は『阿願解状』（嘉禎四年〈一二三八〉）に見えるものが最も古い。同書によれば、天平年中創建の小松寺が荒廃して観音像が雨露に曝された折、それを嘆いた女性が自らの笠を仏像に被せた。藤原兼平がこの女性を妻として寺を再興し、笠寺と称するようになったという。近世後期にはこの女性を「玉照姫」と呼ぶようになり（高力猿猴庵『笠寺出現宝塔絵詞伝』）、現在に至る。芭蕉の句「笠寺やもらぬ崖《いはや》も春の雨」（正徳二年〈一七一二〉序刊『千鳥掛』）は、上記の縁起を踏まえた本寺への奉納句である。

『東海道中膝栗毛』四編下　有松〜宮

作品概説

滑稽本。十返舎一九作。享和二年（一八〇二）〜文化十一年（一八一四）刊。八編十七冊および後に書き加えられた発端一冊の全十八冊。江戸八丁堀住の栃面屋弥次郎兵衛と、居候の喜多八（北八）とが東海道を西上し、失敗を重ねつつ、伊勢、京都を経て大坂へと至る旅を、狂歌・洒落・地口などを織り込んだ軽妙な筆致で描く。文化七年（一八一〇）〜文政五年（一八二二）には続編十二編二五冊が刊行され、正編と併せて『道中膝栗毛』とも称される。正編刊行中から亜流作が多数生み出され、合巻や演劇など他分野にも影響を及ぼした。

場面概説

東海道を西上し、池鯉鮒宿、芋川を通過した後の部分。有松から鳴海宿・笠寺を経て、宮宿に止宿するまでを取り上げる。該当部分は文化二年（一八〇五）刊の四編下に収録される。

それよりあなふ村、落合むらを、すぎゆきて、有松にいたり見れば、名にしおふ紋の名物、いろ〳〵の染地家ごとにつるし、かざりたて、あきなふ。両がはの見せ《店》より、旅人を見かけて「おはいり〳〵。あなたおはいり。名物有松しぼりおめしなされ。サア〳〵これへ〳〵。おはいり〳〵　弥次「ヱ、やかましいやつらだ

ほしいもの有まつ染よ人の身のあぶらしぼりし金にかへても

あなふ村…現豊明市阿野町。『東海道名所記』（万治二年以前刊）「穴生村、六月朔日に新米をいだす」。

落合むら…有松の東にある村（現豊明市）。『諸国海陸道中記』（延享四年刊）「あなふ村」の次に「落合村」。

有松…場所の解説参照。

北八「ナント弥次さん、ゆかたでもかはねへか 弥次「おもいれ《思う存分》見たをして《品物を安く評価して》、やろうじやアねへか 北八「よかろふ。たんと買うつらをして、なぐさんでやろう〈トあちこちを見まはすうち、此町のとつぱづれに、小みせなれども、そめ地いろ〳〵、おもてにつるしある内へはいりて〉弥次「コレ此しぼりは、いくらします〈トいふに、此うちのていしゆと見へて、しやうぎをさしていたるが、よねんなく、うてうてんとなりて《（将棋に）熱中していて》〉ていしゅ「サアしまつた。時にお《あな》手《たの持駒》はなんじやいな 弥次「コレサこりやアいくらだといふに〈トすこしこはだかにいふと、ていしゆきもをつぶして〉「ハイ〳〵それかな 弥次「いくら〳〵 ていしゅ「コウト《ええと》、あなたいくらだとおつしやる《（弥次郎兵衛への言葉）》。そこでかやうにいた《（将棋の相手への言葉）》そかい 弥次「ヱ、小じれつてへ。コレうらねへのか。ねだんはいくらだといふに ていしゅ「ハテさてやかましい人じや。そちらのほうへ、ひつかへして、符帳を見せなされ。たゞしれるものじやないわいの 弥次「こいつはとんだあきんどだ。ふてうに《符帳》、ウのじとヱのじがかいてある ていしゅ「ヲ、そ

「有まつ　茶や有、木綿のふろしき、ゆかたを染てうる」（『諸国海陸道中記』）。

有まつ染…有松の特産品である木綿の絞り染め。動詞の「有り」を掛ける。

人の身の…骨身を削って働く意の「身の油をしぼる」に「有松絞」を利かせる。

お手…相手の将棋の持駒。

コウト…考え迷うときに発する言葉。ここは将棋の手を案じている。

符帳…商人が商品につけて値段を示す符号。

三分五りんぎれ…一尺あたり銀三分五厘の意。

まけい…値段を安くする意と、将棋の勝負に負けることとを掛ける。

ござらせつせる…当地の方言で、いらっしゃるの意。

ふじやあろ。コウト、三分五りんぎれじや　弥次「たかい〳〵。まけなせへ《(値段を)負けなさい》　ていしゅ「ナニまけい、イヤならまい。此下手《へぼ》将棋に　次兵《しやうぎのあい手》さん、マアあきなひをしよまいか。あなたがた《あちらの方々》がまつてござらつせる　ていしゅ「よいわいの、とても敵等は、よふ買やしよまい。ハテかいたふても金銀はあらまい。ないはづじや。わしが手におはしますじやて　弥次「なんだべらぼうめ、金銀があるまい。人を見くびつたことをいやアがる《言いやがる》。あるから買をふ。これはふんどしだけで《褌の長さだけで》いくらだへ　ていしゅ「なんじや、ふんどし買をふ。イヤぶしつけせんばんな　弥次「こいつ、おいらをてう《嘲》しやアがる。売ものかいものに無躾も何もいるものか。はなつたらしめが〈ト大きなこへする。ていしゅはつと心づき、そう〳〵しやうぎをやめて〉「へイ〳〵是は麁相申ました。何なとまけてあげませずに《あげましょうに》、おめし下されませ　北八「そふい丶なさりやア、しこたま買つて上ゲやすは。弥次さん、おめへおふくろやかみさまへのみやげにはあれがよかろふ。いくらだの　ていしゅ「へイ十四匁八分《銀十四匁八分》でおます　弥次

このほか亭主の言葉にも随所に名古屋弁が用いられる。
敵…他称。相手をやや蔑んだ呼び方。
わしが手に…貨幣の金銀を将棋の駒の意に取りなし、金銀の駒は自分の持駒となっていると洒落た。
ふんどし…褌に将棋の手の「ふんどし」（桂馬で相手の駒二つに当たりをかけること）を利かせる。
かみさま…弥次郎兵衛は「独住」（初編）で妻はおらず、ここは絞商をからかうための虚言。「発端」では妻と死別したとする。
初手…「最初」の意に、囲碁・将棋の最初の一手を指す「初手」を響かせる。
三太郎…愚鈍な者を嘲っていう語。

「ソレそつちらのは　ていしゅ「これは十五匁　弥次「もつとい丶のはねへか　ていしゅ「ありますとも。ヘイこれがなア廿一匁ヅ、、こちらが廿二匁、下のがナ十九匁ヅ、でおざります　弥次「もつとこれよりい丶のがほしい　ていしゅ「イヤもふみな、かやうなものでおざります　弥次「ム、そんならでへじ《大事》にしまつておきな。誰ぞがかいやしやう《買うでしょう》。わつちやアいつち《一番》初手《最初に》に見ておいた、此三分ぎれを、手ぬぐひだけ《手拭いの長さだけ》、きつてくんなせへ　ていしゅ「ヘイさやうかな〈トきもをつぶし、二しやく五寸きつて出す。弥次郎此代をはらひて、こ丶を立出〉「とんだやつらだ。すでにいい三太郎にしよふとしやアがつた。きもつぶしな、ハ、、、、。時にでへぶ《大分》道くさをした。ちと急いでやりかけよふ〈トこれよりすこしみちをはやめ行ほどに、はやくもなるみのしゆくにつきければ〉

　旅人のいそげば汗に鳴海がたこ丶もしぼりの名物なれば

かくよみ興じて田ばた橋をうちわたり、かさでら観音堂にいたる。笠をい

なるみのしゆく…鳴海宿。場所の解説参照。
旅人の…「汗になる」と「鳴海潟」とを掛ける。「汗」と「しぼり」は縁語。鳴海も絞りが名産。「袖を絞りの鳴海染め」（安永九年初演『碁太平記白石噺』）。
田ばた橋…天白川に架かる橋。読みは「でんばくばし」が正しい（『東海道名所記』、『東海道分間絵図』）。
かさでら観音堂…笠覆寺。場所の解説参照。「笠をめしたる観音の木像おはします。此故に、世に笠寺と名づく」（『東海道名所記』）。
とべ村…現名古屋市南区。「刀部村　左のかた五六町ばかりに海みゆ」（『東海道名所記』）。

たゞきたもふ木像なるゆへ、この名ありとかや
執着のなみだ《参詣人が愛着煩悩のために流す涙》の雨に濡れじとやかさをめしたるくはんをんの像
それよりとべ村、山ざき橋、仙人塚をうちすぎ、やうやく宮の宿にいたりし頃は、はや日ぐれ前にて、棒鼻《宿駅のはずれ》より家毎に、客をとゞむる出女《客引きの女性》の声姦し。「あなたがたアおとまりじゃおませんか。お湯もちんとわいておます。おあいきやく《相客》はおません。おとまりなされませ〱 弥次「とまりはどこにしよふ。銭屋か、ひやうたん屋か 北八「向ふのうちはなんだ。鍵屋か 女「モシおとまりかな 北八「ヲイ泊りやせう。はたご《旅籠銭》はいくらだ 女「ヲホ、、、よふおます。おとまりなさんせ 北「なんだいゝ《能》とか。たゞでとめるか 弥次「むしのいゝ《図々しいことを言うものだ》〈トかさをとつてはいる。〉

（小学館・新編日本古典文学全集『東海道中膝栗毛』による）

山ざき橋…山崎川に架かる橋。『東海道名所記』「刀部村」条の次に「山崎ばしなご屋の城、右にみゆ」。

仙人塚…現豊明市前後町。『東海道名所記』は笠寺の後に誤記、「むかし、もろこしの仙人、査《うきゃ》にのりて鳴海の浦にあがり、此所にとゞまりて日ををくり、後に大龍となりて天にのぼりぬ」（『諸国海陸道中記』は配列ともに同様）とあり、本書もこの説を踏襲。『尾張名所図会』五「千人塚」条は場所を「落合村の山上街道の東」とし、桶狭間合戦の戦死者の塚とする。

宮の宿…東海道の宿駅。現名古屋市熱田区。桑名までは海上七里の渡し。美濃路・佐屋路との分岐点。

『東海道名所図会』巻三「笠寺」

歌川広重(二代)『東海道名所風景』
「鳴海有松絞」

歌川広重（初代）『東海道五拾三次』「鳴海」

鳴海と文学

中世以前、鳴海には遠浅の海が広がっていた。

　さよ千鳥声こそ近く鳴海潟かたぶく月に潮や満つらん（『新古今集』冬・六四八・藤原季能）

は、夜、波打ち際で囀る千鳥の声が次第に近づくことから、入り方の月のもと、潮が満ちつつある鳴海潟の景を想像する。干潟に遊ぶ千鳥はこの地の名物で、和歌に繰り返し詠み込まれる。

　鳴海は古くより東西交通上の難所でもあった。平安中期の『更級日記』には、

　尾張の国、鳴海の浦を過ぐるに、夕汐ただ満ちに満ちて、今宵宿らむも中間に、汐満ちきなば、ここをも過ぎじと、あるかぎり走りまどひ過ぎぬ。

と、夕刻、汐の満ち来つつある鳴海の浦を走り過ぎるさまが描かれ、鎌倉時代の紀行文『海道記』には、

　朝には入潮にて、魚に非ずは游《およ》ぐべからず。昼は潮干潟、馬をはやめて急ぎ行く。

とあり、旅人は日中の干潮の時分を待って、慌ただしく鳴海を通過したことが知られる。

　入江の大部分は近世初期までに陸地となり、慶長六年（一六〇一）には東海道五十三次の一つとして鳴海宿が開かれる。元禄年間に東海道を往還したケンペルが「鳴海は大小四〇〇〇戸の家がある」「かなり大きな鳴海村」（『江戸参府旅行日記』）と記すように、中世以前とは一転、鳴海は各地より旅人の集う地として活況を呈するようになる。「鳴海」と題

して詠まれた次の発句、

　鈴虫や鳴海なはての駄売馬《だうり》　吉親

　　（天和元年〈一六八一〉序刊『熱田宮雀』）

は、鈴虫を詠んだ古歌（場所の解説参照）を踏まえつつ、虫の音に畔道を行く駄売馬の鈴の音を響かせ、伝統的類型から脱した当世の鳴海の情景を捉えている。

本句の作者「吉親」は、鳴海の富豪俳人、下里知足である。知足は鳴海の庄屋職を務めた当地の名士であり、若年より俳諧に親しみ、西鶴や芭蕉、其角をはじめ東西の新進俳人と雅交を結んだ。芭蕉は生涯で四度知足亭を訪ねており、鳴海を眺望して詠んだ、

　はつ秋や海も青田も一みどり　芭蕉

　　（正徳二年〈一七一二〉序刊『千鳥掛』）

をはじめ、この地で多くの作品を残している。文化の一大拠点として急速に成長した鳴海は、以後、近世期を通じて文学の生まれる場でありつづけるのである。

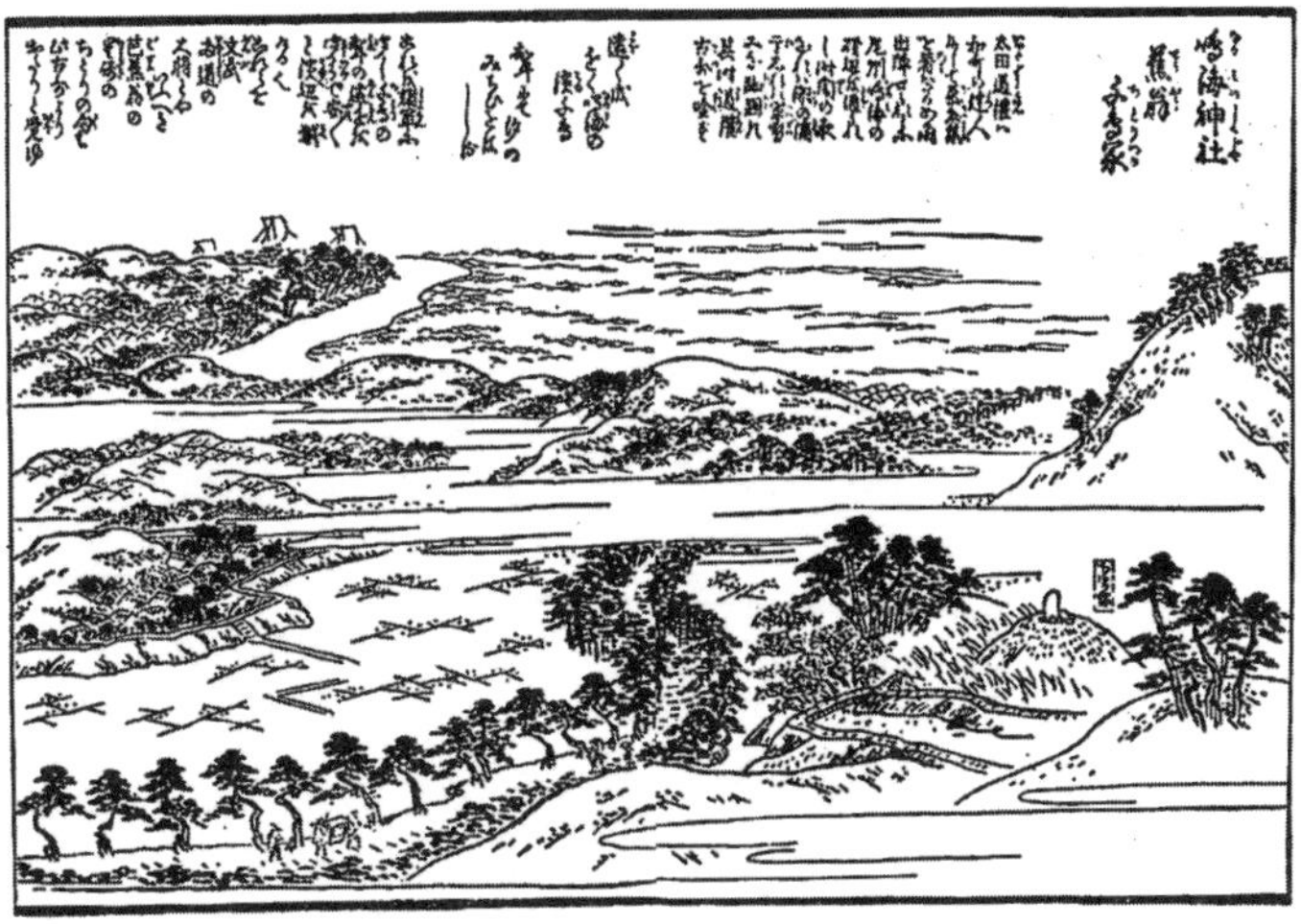

『東海道名所図会』巻三「鳴海神社」

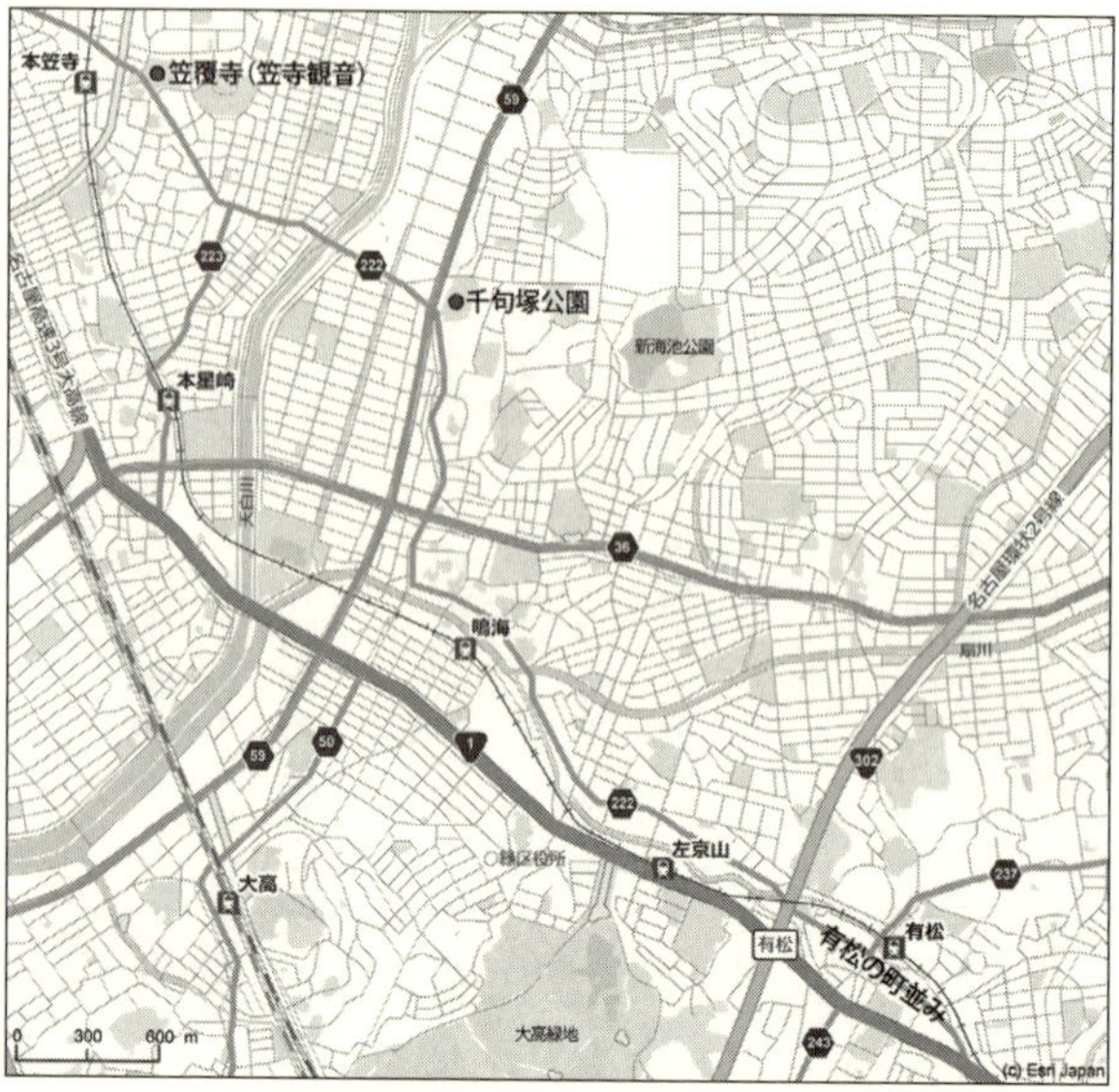

千句塚公園

「星崎の」歌仙（コラム参照）を記念した「千鳥塚」がある。芭蕉生前の建碑とする伝承があるが、実際は享保十八年（一七三三）、細根山に建立された石碑を、明和元年（一七六四）、山王山（三王山）に移築したもの。

交通：名鉄名古屋本線鳴海駅から徒歩25分。

有松の町並み

旧東海道に沿って江戸後期から昭和初期に建造された商家が残る。重要伝統的建造物群保存地区。

交通：名鉄名古屋本線有松駅から徒歩3分。

笠覆寺（笠寺観音）

現在、本尊の開帳は八年に一度。初観音（一月十八日）と九万九千日（八月九日）には参詣人に「お笠」を被せて祈願する。境内に芭蕉の句碑である笠寺千鳥塚（享保十四年〈一七二九〉建立）、春雨塚（安永二年〈一七七三〉建立）などがある。

交通：名鉄名古屋本線本笠寺駅から徒歩5分。

有松の町並み

笠覆寺（笠寺観音）

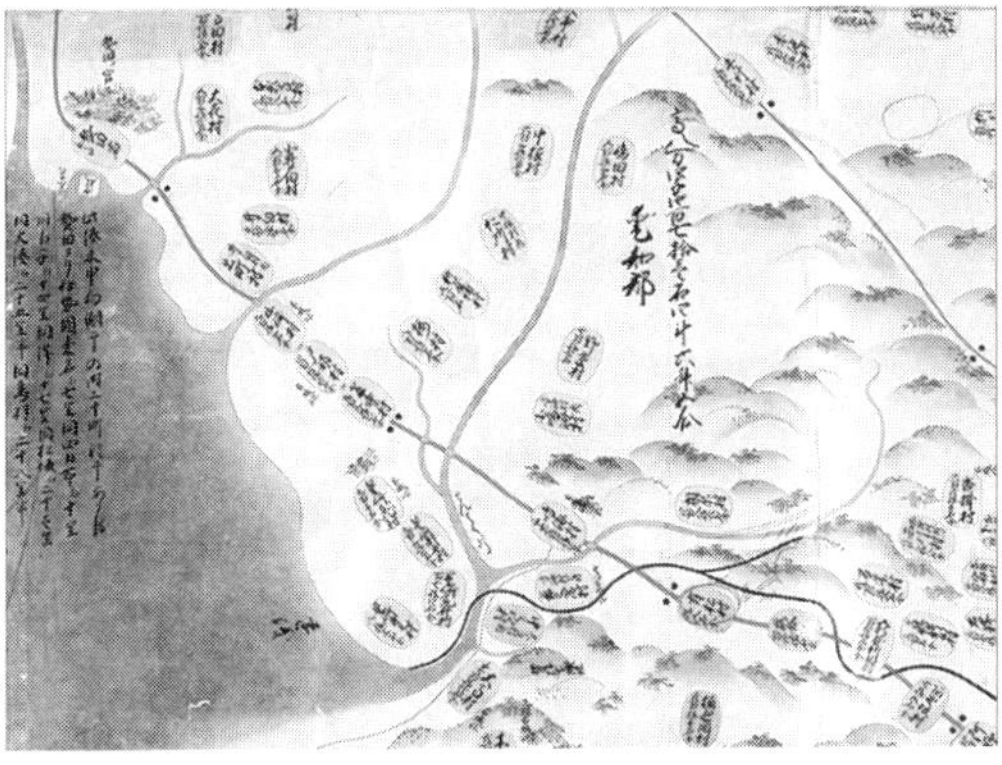

『尾張国絵図』（元禄頃）

【本文を読みたい人に】

中村幸彦 校注『東海道中膝栗毛』（小学館・新編日本古典文学全集、一九九五年）

麻生磯次 校注『東海道中膝栗毛』（岩波書店・日本古典文学大系、一九五八年）

興津要 校注『東海道中膝栗毛 上・下』（講談社文庫、一九七八年）

【もっと詳しく知りたい人に】

榎原雅治『中世の東海道をゆく 京から鎌倉へ、旅路の風景』（中公新書、二〇〇八年）

森川昭『下里知足の文事の研究 第一部 日記篇 上・下』（和泉書院、二〇一三年）

同『下里知足の文事の研究 第二部 論文篇 第三部 年表篇』（和泉書院、二〇一五年）

掲載図版の所蔵元、提供元一覧

第一講　熱田

・角川書店『日本名所風俗図会6東海』所収『尾張名所図会』巻三「熱田大宮全図其二」「日本武尊宮簀媛命と一別の時形見に宝剣を授たまふ図」

・小学館『新編日本古典文学全集　日本書紀①』379頁掲載「日本武尊の東征経路」

・写真「熱田神宮」「氷上姉子神社」森田貴之撮影

第二講　引馬野

・角川書店『日本名所風俗図会17諸国2』所収『東海道名所図会』巻三「引馬野」

・写真「引馬神社」「持統上皇行在所跡」中根千絵撮影

第三講　古渡

・角川書店『日本名所風俗図会6東海』所収『尾張名所図会』巻一「古渡稲荷社　小泉街道　犬見堂　古渡橋　闇森八幡宮」

・豊原国周『見立名婦六勇撰』「大井子　市川左団次」（早稲田大学演劇博物館蔵。浮世絵閲覧システム http://www.enpaku.waseda.ac.jp/db/enpakunishik/results-big.php?shiryo_no=201-3836による）

・国書刊行会『鳥山石燕　図画百鬼夜行』所収『図画百鬼夜行』「元興寺」

・写真「元興寺」佐野彩香撮影

・写真「闇之森八幡社」「為朝塚」中根千絵撮影

第四講　八橋

・角川書店『日本名所風俗図会17諸国2』所収『東海道名所図会』巻三「八橋杜若古蹟」「八橋（在原業平朝臣吾妻くだりの時〜）」

・写真「業平竹」「無量寿寺のかきつばた」中根千絵撮影

第五講　国府

・歌川国貞『六歌仙容彩』「小野小町・文屋康秀」（早稲田大学演劇博物館蔵。浮世絵閲覧システムhttp://

www.enpaku.waseda.ac.jp/db/enpakunishik/results-big.php?shiryo_no=101-6132による）
・歌川国芳『初春寿曾我　六立目』「六歌仙」（早稲田大学演劇博物館蔵。浮世絵閲覧システムhttp://www.enpaku.waseda.ac.jp/db/enpakunishik/results-big.php?shiryo_no=101-6141による）
・写真「三河国総社」森田貴之撮影
・写真「三河国分寺塔跡」中根千絵撮影

第六講　犬頭神社

・愛知県郷土資料刊行会『参河国名所図会　上巻』所収『参河国名所図会』「犬頭糸の故事」
・写真「糟目犬頭神社」「犬頭神社」「桑子神社（白鳥神社）」中根千絵撮影

第七講　菟足神社

・愛知県郷土資料刊行会『参河国名所図会　上巻』所収『参河国名所図会』「菟足神社」「旅僧力寿之霊ニ逢フ図」「定基朝臣力寿姫と舩山遊宴の図」
・写真「風祭り」「三明寺」山下茜撮影
・写真「菟足神社」「財賀寺」「力寿の碑」中根千絵撮影

第八講　野間

・角川書店『日本名所風俗図会6東海』所収『尾張名所図会』巻六「大御堂寺　其二」「義朝最後の図」「同其三」
・『保元平治物語絵巻』「34金王丸尾張より馳上る事の図」（海の見える杜美術館蔵。三弥井書店『海の見える杜美術館蔵　保元・平治物語絵巻をよむ』76頁掲載）
・秋里籬島『保元平治闘図会』巻九「二丈京極千手堂にて平太夫判官兼行、義朝正家の首を実検しける図」（福井県文書館蔵。福井県文書館・図書館デジタルアーカイブhttp://www.archives.pref.fukui.jp/archive/get-media?data_no=294987&d=20140120000000による）
・丹緑本幸若舞曲「かまた」（岩崎文庫蔵。貴重本刊行会『岩崎文庫貴重本叢刊　幸若舞曲　お伽草子』8頁掲載）
・写真「義朝供養塔」「湯殿跡」「長田はりつけの松」中根千絵撮影

第九講　阿波手の杜
・角川書店『日本名所風俗図会6東海』所収『尾張名所図会』巻七「阿波手の杜　反魂塚　藪香物」「反魂香の図」
・角川書店『日本名所風俗図会6東海』所収『尾張名陽図会』巻四「反魂塚之昔話」
・写真「萱津神社」「連理の榊」森田貴之撮影

第十講　津島
・角川書店『日本名所風俗図会17諸国2』所収『東海道名所図会』巻二「津島牛頭天王」「津島祭」
・『六十余州名所図会』尾張　津島天王祭り」（早稲田大学演劇博物館蔵。浮世絵閲覧システムhttp://www.enpaku.waseda.ac.jp/db/enpakunishik/results-big.php?shiryo_no=201-3642による）
・写真「津島神社」「津島湊」「天王川」小野弘晃撮影

第十一講　甚目寺
・角川書店『日本名所風俗図会6東海』所収『尾張名所図会』巻四「甚目寺」「甚目寺初観音詣」
・写真「甚目寺観音」「甚目寺観音南大門」小野弘晃撮影
・奈良絵本「姥皮」（名古屋市立博物館所蔵）

第十二講　矢作
・角川書店『日本名所風俗図会17諸国2』所収『東海道名所図会』巻三「矢矧橋」
・『浄瑠璃物語絵巻』（MOA美術館蔵。MOA美術館ホームページ「コレクション」http://www.moaart.or.jp/collections/044/による）
・渋川版『御曹子島渡』（国立国会図書館蔵。国立国会図書館デジタルコレクションhttp://dl.ndl.go.jp/info:ndljp/pid/2537572/17による）
・写真「浄瑠璃寺」「紫石伝説の石碑」中根千絵撮影
・写真「浄瑠璃淵」樋口千紘撮影

第十三講　伊良湖岬
・角川書店『日本名所風俗図会6東海』所収『尾張名所図会』巻一「芭蕉翁の古事」
・写真「杜国墓碑と三吟句碑（潮音寺）」渥美半島観光ビューロー提供
・写真「伊良湖岬と太平洋を望む」（田原市ホームペー

ジ「画像ダウンロードサービス　たはらスタイル」http://www.city.tahara.aichi.jp/_res/projects/default_project/_page_/001/002/374/ph_tahara_style03.jpgによる）

・写真「伊良湖岬に飛来する鷹」渥美半島観光ビューロー提供

・「万菊丸鼾之図」模刻（早稲田大学図書館蔵文化十一年版『枇杷園七部集』四「枇杷園随筆」。古典籍総合データベースhttp://archive.wul.waseda.ac.jp/kosho/bunko31/bunko31_a0898/bunko31_a0898_0004/bunko31_a0898_0004_p0028.jpgおよびhttp://archive.wul.waseda.ac.jp/kosho/bunko31/bunko31_a0898/bunko31_a0898_0004/bunko31_a0898_0004_p0029.jpgによる）

第十四講　清洲

・角川書店『日本名所風俗図会6東海』所収『尾張名所図会』後編巻三「清洲城墟」

・『絵本太閤記』四篇一巻「三位中将信忠卿之嫡男三法師君之像・羽柴四位少将筑前守平秀吉公之像」、四篇九巻「坂氏の女熱田の神司岡本が宅にて信孝を産む図」「太郎右衛門三七君の御誕生を信長公に言上の図」（新潟大学佐野文庫蔵。新潟大学古典籍コレクションデータベースhttp://collections.lib.niigata-u.ac.jp/bibliograph/item/3812/（巻一）、http://collections.lib.niigata-u.ac.jp/bibliograph/item/3820/（巻九）による）

・写真「清洲城」「五條橋」森田貴之撮影

第十五講　有松・鳴海・笠寺

・角川書店『日本名所風俗図会6東海』所収『尾張名所図会』巻五「鳴海潟古覧」

・角川書店『日本名所風俗図会17諸国2』所収『東海道名所図会』巻三「笠寺」「鳴海神社」

・歌川広重（二代）『東海道名所風景』「鳴海有松絞」（国立国会図書館蔵。国立国会図書館デジタルコレクションhttp://dl.ndl.go.jp/info:ndljp/pid/1309524/1による）

・歌川広重（初代）『東海道五拾三次（保永堂版）』「鳴海」（国立国会図書館蔵。国立国会図書館デジタルコ

レクションhttp://dl.ndl.go.jp/info:ndljp/pid/1309868による）

・写真「有松の町並み」河村瑛子撮影

・写真「笠覆寺（笠寺観音）」森田貴之撮影

・『尾張国絵図（下絵図）』（愛知県図書館蔵。愛知県図書館所蔵絵図の世界https://websv.aichi-pref-library.jp/ezu/ezudata/jpeg/002.htmlによる）

あとがき

愛知県の古典文学史を記述してみるという企画は、京都市出身の森田の「愛知県にも多くの古典文学が関係あるんじゃないか」、「学生にとって、最もとっつきやすいのが地元の古典文学史なんじゃないのか」という提言から出発したものである。そもそも、私自身は愛知県出身で、愛知を外から眺める機会もなく、愛知県全域にわたる地域について古代から近世に至るまでを文学史として記述できるほどの広がりをもつとは考え及んでいなかったが、愛知県在住の学生にとってはその方が身近で古典に親しみをもてる機会になるかもしれないと考え、愛知の古典文学史をそれぞれの研究分野での知識を生かして作ろうということにあいなったのである。

実際に、構成、企画をしていくうちに、愛知の文学が物流の道の途上から発信され、また、それが地元でさらなる伝承を育んでいったことを知ることになったが、一方で、現地の写真を撮り歩く中で、それらの伝承が現在、失われつつあることを痛感することにもなった。学会で海外にいけば、その地方の伝統文化が体感できるようなプログラムが構成されており、多くの人が自分の文化について詳しく語る。それに比して、日本から参加した人たちの自文化における習熟度は低い場合が多いように思われるし、実際、留学した学生たちからも日本は経済的な分野に比して、文化の宣伝力が弱いようにみえるという声が聞こえてくる。そうした声に対して、まずは、失われつつある足下の古典文学を掘り起こし、初心者向けに発信できたらというのが本書の目論見の一つとなっている。

本書は、初心者向けにわかりやすく書くことを一つの方針としたが、一方で、従来の地域向けの本とは異なる趣向の本としたいという思いもあり、専門の異なる研究者に執筆をお引き受けいただけたことから、各執筆者に各自の専門的な知見を生かして執筆してほしいとの依頼を行った。この難しい依頼に対して、内容の一部に最新の研究成果をも含むような玉稿をお寄せくださった執筆者の皆さまに感謝申しあげたい。それは、本書の大きな特徴の一つでもあり、地域向けの本という枠を越えて、文学作品を分析することそのものの楽しみがこの本には詰まっている。おそらく、研究者の方々にお読みいただいても、十分、読み応えのある本となったものと思っている。現在の最新の専門的な研究を他ジャンル、初心者の方にもわかりやすい記述でお届けすること、これが本書の目指した到達地点であったが、その理想に少しでも近づけていたらうれしく思う。

また、本書は愛知県内の大学での共通教育などで古典文学史を扱う際のテキストとしても使えるよう、配慮したつもりである。単調な知識の羅列にとどまらず、古典文学の本文を味わい、地域とのつながりを知ることは、必ずしも古典文学を専門としない学生にとっても身近で、なおかつ新鮮な発見であるはずだと期待している。他県の大学においても、それぞれの地域に基づく文学史を立ち上げることも可能であろう。他の研究者により、さらにレベルの高い他県版が続いてくれたら、それに勝る喜びはない。

同時にそうした学生へ向けてのメッセージの一つとして、表紙には、従来、本書のような書籍には用いられなかったキャラクター絵を配置した。これらキャラクター達は、古典deプロジェクトからＬＩＮ

Eスタンプ『日常に割り込む古典スタンプ』として発売されているものを使わせていただいた。古典をより身近に親しむ一助になっていればうれしい。

また、本書を作成するにあたり、『三河名所図会』を探索した結果、古橋懐古館に所蔵されていることがわかり、調査させていただく機会を得た。快く、写真撮影をご許可くださった古橋懐古館に深謝申しあげる。

その他、図版や写真の掲載許可をくださった諸機関の皆さまにお礼申しあげる。日沖敦子氏には、「姥皮」の挿絵の件で多くのご教示を賜った。この場を借りて、お礼を申しあげたい。

また、本書の表紙絵を担当くださった愛知県立大学卒業生の山下茜さん、本書のコラムの絵を担当くださった南山大学卒業生の伊藤優衣さん、企画段階の中根の教養科目の講義を受けて、共に内容を検討くださった愛知県立大学の受講生の方々にも感謝の意を表したい。

それから急なお願いにも関わらず、地図の作成をお引き受けくださった服部亜由未氏、また近世の版本のこと、初摺、後摺の扱いなどについて御教示下さった三宅宏幸氏のような同僚に恵まれたことも本書完成にあたっては大きい。ここにお礼を申しあげる。

最後に、紙数や項目の配置にこだわって、校正を繰りかえした私たちに対して、根気よくつきあってくださった三弥井書店の吉田智恵氏に感謝申しあげる。

二〇一七年六月十八日

中根千絵

執筆者紹介

東望歩（あずま　みほ）
1979年愛知県岡崎市生まれ。金城学院大学文学部准教授。中古文学。
「清少納言出仕の背景―正暦年間の一条後宮―」（『中古文学』89号、2012年６月）、「教科書のなかの〈枕草子〉」（『日本文学』63－1号、2014年６月）。
担当箇所：第２講、第４講、第５講。

河村瑛子（かわむら　えいこ）
1986年愛知県名古屋市生まれ。京都大学大学院文学研究科准教授。近世文学、俳文学。
「古俳諧の異国観―南蛮・黒船・いぎりす・おらんだ考」（『国語国文』83－1号、2014年１月）、「上方版『私可多咄』考」（『近世文芸』100号、2014年７月）。
担当箇所：第13講、第15講。

中根千絵（なかね　ちえ）
1967年愛知県岡崎市生まれ。愛知県立大学教授。中世文学、説話文学。
『今昔物語集の表現と背景』（三弥井書店、2000年）、『医談抄』（三弥井書店、2006年）。
担当箇所：監修、第３講、第６講、第７講、第10講、第11講。

畠中愛美（はたなか　まなみ）
1989年鹿児島県始良市生まれ。名古屋大学博士後期課程、名古屋学院大学非常勤講師。中世文学、軍記文学。
「初期語り本系『平家物語』における平知盛の人物造型―壇浦合戦の描写の一解釈―」（『国語国文薩摩路』59号、2015年３月）、「南都異本『平家物語』における平重衡の造型―遊君との関わりから―」（『伝承文学研究』68号、2019年８月）。
担当箇所：第８講。

樋口千紘（ひぐち　ちひろ）
1988年三重県四日市市生まれ。名古屋大学博士後期課程。名古屋学院大学非常勤講師。中世文学、説話文学。
「『横笛草紙』本文の成長―八宮本を中心に―」（『伝承文学研究』66号、2017年８月）。
担当箇所：第12講。

森田貴之（もりた　たかゆき）
1979年京都府京都市生まれ。南山大学准教授。中世文学、軍記文学、和漢比較文学。
「『太平記』稲村ヶ崎のコスモロジー」（『浜辺の文学史』三弥井書店、2016年）、「女主昌なり―日本中世における則天武后像の展開―」（『論集　中世・近世説話と説話集』和泉書院、2014年）。
担当箇所：監修、第１講、第９講、第14講。

地図作成
服部亜由未（はっとり　あゆみ）　愛知県立大学准教授。地理学。

表紙作成
山下茜（やました　あかね）　愛知県立大学卒業生。

コラム挿絵作成
伊藤優衣（いとう　ゆい）　南山大学卒業生。

改訂版　愛知で知る読む日本文学史15講—古典de聖地巡礼—

2017(平成29)年9月7日　初版発行
2020(令和2)年2月20日　改訂第二刷発行

定価はカバーに表示してあります。

発行者　吉田敬弥
発行所　株式会社 三弥井書店
〒108-0073東京都港区三田3-2-39
電話03-3452-8069
振替00190-8-21125

ISBN978-4-8382-3319-9 C0091
整版　ぷりんてぃあ第二
印刷　エーヴィスシステムズ